L E E S L A D D E R

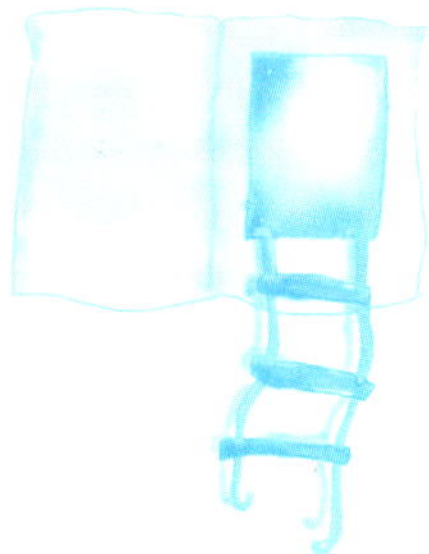

Dit boek is van

....

....

Het geheim van Ivo

Snežana Bukal
illustraties Ruud Bruijn

NZV Uitgevers

‘Mama, hoe schrijf je een boek?’
‘Een boek? Dat is een makkie, een boek schrijft zichzelf.’
‘Zichzelf?!’
‘Tuurlijk, ‘s avonds als je slaapt komen de Brownies en die doen al het werk. Daarna hoef je alleen nog maar op te schrijven wat zij al hebben gedaan. Je pakt pen en papier en je schrijft alles op. Dat duurt soms dagenlang, dat is het saaiste!’
‘Mama, kom. Ik bedoel het serieus.’
‘Maar ik zeg het je toch ...’
‘Volgens mij verzin je het ter plekke.’
‘Ik...? Robert Louis Stevenson ontdekte dat al ruim honderd jaar geleden. Hij schreef *Schat Eiland* dat heb je toch wel eens gelezen? In een van zijn verhalen schreef hij dat al zijn boeken zo goed zijn geworden door het werk van de Brownies. ‘s Avonds als hij lag te slapen veranderden ze alles waarvan zij dachten dat het saai of onbelangrijk was. ’s Ochtends, als hij weer begon met schrijven, was hij telkens weer verbaasd dat het verhaal anders was geworden dan hij het zich de dag daarvoor had voorgenomen op te schrijven.’
‘Wat deden ze dan?! Schreven ze zijn verhaal opnieuw?’
‘Kom nou toch Dora, Brownies die schrijven! Nee, ze vertelden het in zijn dromen. En in de morgen wist hij niet meer of het nu echt was of niet...’
‘Mama, mag ik je grote aantekenboek hebben?’
‘Alsjeblieft Dora. Het is een goed aantekenboek. En hier, dit is een goed potlood. Het gaat net zo lang mee als de pagina’s in het aantekenboek.’

Inhoud

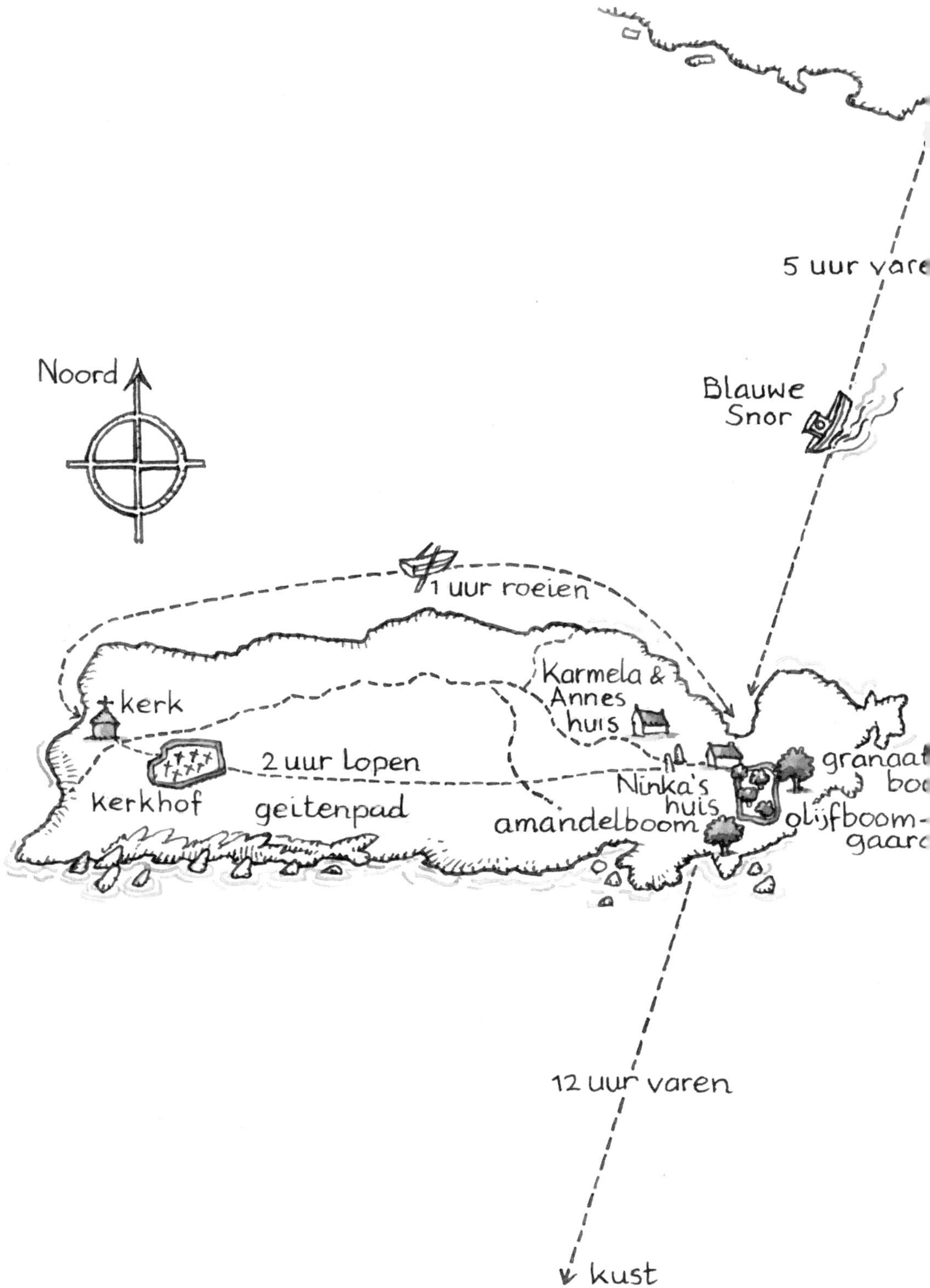
5 uur varen
Noord
Blauwe Snor
1 uur roeien
Karmela & Annes huis
kerk
2 uur lopen
granaat-boom
Ninka's huis
kerkhof
geitenpad
amandelboom
olijfboom-gaard
12 uur varen
kust

Hoofdstuk een, een lange reis met de trein door vijf landen en met de boot over zee

‘Weet je wat? We gaan op vakantie!’ zei mama, ‘we gaan naar mijn zusje! Herinner je je Ninka nog? Ik heb zo vaak verhalen over haar verteld.’

‘Is Ninka diegene die op een schoolreisje werd gestoken door bijen? Toen ze over het balkon klom om in de kamer van haar vriendje te komen?’

‘Ja, dat is mijn zusje,’ mama barst in lachen uit, ‘en dat vriendje was Michailo. Lieve Michailo. Hij kwam zo stom om het leven, zo stom …’

‘Door de oorlog?’

‘Nee. Door een auto-ongeluk, in het centrum van de stad toen hij op weg was naar zijn werk. Arme Michailo. Ik heb ergens nog foto’s…,’ zei mama en haalde de grote zwarte doos te voorschijn en begon te zoeken. Als ze eenmaal in die doos aan het zoeken is, kan ze uren zoet zijn.

‘En waar woont Ninka nu? Waar gaan we naar toe?’

‘Ninka woont in Zagreb. Weet je dat haar zoon Ivo maar een week ouder is dan jij? Maar we gaan niet naar Zagreb. In de zomer zijn ze altijd op het eiland, in het huis waar Michailo is opgegroeid. Waar zijn die foto’s?! Wie heeft er voor het laatst in mijn doos gerommeld? Alles is weer de war.’

Ik weet niet of het leuk is. Maar het is in ieder geval beter om op vakantie te gaan dan de hele zomer hier in de regen te zitten. Er is niemand meer in de stad, iedereen is op vakantie. Maar waarom moet het bij ons altijd op stel en sprong? Eerst wilde niemand er ook maar aan denken om op vakantie te gaan. En dan, ploep, uit het niets gaan we opeens naar een of ander eiland. In welke zee ligt dat eiland eigenlijk? Waar is mijn atlas?

'Nina, ben je ooit aan de Adriatische kust geweest?'
'Ja, een keertje. Erg lang geleden, met mama en tante Ninka. Maar ik kan me er niets van herinneren.'
'Helemaal niets?'
'Uhmm... Ik herinner me nog dat er een mierenhoop was naast het huisje aan het strand. En ja, gek, ik herinner me nu hoe mama me leerde lezen door op witte kiezelstenen letters te tekenen. Mama husselde de steentjes door elkaar en ik maakte er dan een woord van: m a m a, n i n a. En ik herinner me de zee. Iets blauws, goudachtigs en warms. Maar genoeg daarover. Goodbye rain!' Nina begon zo hard ze kon te zingen. Ze haalde haar rugzak uit haar kast en gooide hem open op de grond.
'... hello happiness ... tekenblok, potloden, kwasten, verf ... wit, zwart, groen, geel en de rest heb ik niet nodig. Sandalen, gympen, shorts, pull-over.' Nina trok al die dingen uit de kast en gooide ze in haar rugzak. Dat is pakken á la Nina.
'...bye rain, het leven is een feest... Hé, Dora, wanneer vertrekken we eigenlijk?'
'Geen flauw idee.'
'Mama! Wanneer vertrekken we!' gilde Nina.
'Morgen ga ik kijken of er treinkaartjes zijn. Maar ik denk zeker niet voor overmorgen.'
'Overmorgen?! Kan het niet wat eerder? Wat moet ik in de tussentijd doen?'
'Je kamer opruimen, bijvoorbeeld. We gaan niet weg voordat het hele huis aan kant is. Ik heb er een hekel aan om in een puinhoop thuis te komen. Oh ja, ik moet een lijstje maken van wat we moeten mee nemen.'
'En ik heb een hekel aan het opruimen van mijn kamer,' zei Nina tegen mij en ging op de vloer zitten. 'Waarom hebben ze toch zo'n moeite met mijn troep? Mijn kamer is toch van mij? Punt uit. Maar dat schijnen ze niet te begrijpen. Een lijstje! Alsof je een lijstje nodig hebt. Dora, waarom zit je nog steeds met je neus in die atlas? Lijstjes en atlassen, nonsens! Leven is ergens anders...'

‘Om aan de Ardiatische kust te komen moet je door vier of vijf verschillende landen reizen, Nina.’
‘Voordat we jou duidelijk maken wat reizen eigenlijk is Dora, gaan er minstens vier of vijf lichtjaren voorbij,’ zei Nina.
Ik begreep niet waarom Nina opeens zo humeurig was.

Drie dagen later zaten Nina, mama en ik in de trein. Het was een lange reis. Als Nina je iets wil vertellen over de reis, dan moet je haar niet geloven. Ze heeft de hele tijd liggen slapen. Af en toe heb ik geprobeerd haar wakker te maken.
‘Kijk Nina, krokodillen!’ schreeuwde ik een keer toen we ergens in de Alpen reden. Nina deed haar ogen open.
‘Dora! Van wie heb jij een “zeer goed” voor aardrijkskunde gekregen? Krokodillen in de Alpen, wat zouden ze hier moeten doen, bergbeklimmen? In heel Europa zijn er geen krokodillen. Het zijn rotsen in de rivier die je ziet.’
‘Nou en, het leek er toch op! En trouwens in de dierentuin zijn er wel krokodillen.’ Ik moest heel erg blozen. Ik hoopte maar dat niemand anders in de trein had gehoord wat ik had gezegd.
‘Dora, hier verstaat niemand Nederlands,’ zei Nina, alsof ze wist wat ik dacht. Toen deed ze haar ogen weer dicht.
Overal waren bergen. Boven op die bergen kon je de sneeuw nog zien liggen. Het was zo’n mooi gezicht. En dan te bedenken dat de trein daar straks doorheen zou rijden! Maar dat viel tegen. De bergen bleven ergens in de verte of de trein reed er onderdoor. Dat vond ik jammer. Als er zulke mooie bergen zijn, dan laat je de mensen daar toch van genieten? Anders kun je net zo goed een grote tunnel onder de Alpen door graven. Wat een flauwekul! Wat een enge gedachte eigenlijk, dat zo’n hele berg op de tunnel ligt.

‘Dora, Nina. Wakker worden, zo meteen kun je de zee zien!’
Mama schudde ons voorzichtig wakker. Ik wreef in mijn ogen en moest gapen. Ik keek door het raam en zag dat de trein de berg

op reed, in de richting van de top!
'Waarom heb je me niet eerder wakker gemaakt?'
'Je lag de laatste paar uur zo lekker te slapen, Dora. Als een lammetje.'
'Een paar uur! Poeh, het lijkt maar heel even.'
'Nu!' Zei mama en staarde uit het raam naar buiten.
'Wauw,' zeiden Nina en ik tegelijk.
Terwijl we naar beneden reden zagen we voor ons overal zee. Donkerblauw, nee meer groen met blauw, net turkoois. Af en toe leek het net of er een gouden spiegel op dreef en dan weer leek het net een laken met allemaal golven die heel langzaam bewogen.
Maar we waren er nog niet. Het zou nog drie uur duren voor we aan de kust waren. Nina was weer in slaap gevallen. Mama deed net alsof ze in haar boek zat te lezen, maar dat was niet zo. Ze sloeg geen enkele bladzijde om. Ze keek een beetje in het boek en staarde dan weer naar buiten, naar de zee, die steeds dichterbij kwam. Ze keek zo serieus.
Het was erg rustig in de trein en ik droomde ook wat weg terwijl ik naar buiten keek. De trein passeerde wat dorpjes. Waarom knappen de mensen hun huizen niet een beetje fatsoenlijk op, dacht ik. In de muren van de huizen zaten overal gaten. Eerst zag ik het maar bij een paar huizen. Toen zag ik er steeds meer. Er waren er ook met hele grote gaten. We reden langs een huis dat bijna helemaal kapot en uitgebrand was. Pas toen begreep ik het: de oorlog!
Hier was echt oorlog geweest. En het zag er heel anders uit dan wat ik op televisie had gezien. Ik keek naar mama, ze huilde. Ik ging naast haar zitten en hield haar vast.

'Zullen we Nina wakker maken?' fluisterde ik.
'Laat haar maar slapen.' Mama drukte me tegen zich aan.
Samen keken we naar buiten. Sommige huizen waren helemaal vernield. Andere stonden leeg alsof er al heel lang niemand meer

in woonde. Maar er waren ook mooie huizen met bloemen onder de ramen, en kinderen in de tuin die naar ons zwaaiden.
'Kijk Dora, dat jongetje leert fietsen.' We moesten er alle twee een beetje om lachen.

Maar die oorlog was al weer lang geleden en omdat ik er niet van houd om aan oorlog te denken, dacht ik snel weer aan iets anders. Aan mijn neef Ivo. Mama had gezegd dat hij nogal op zich zelf is en niet zoveel praat. Ik vind dat niet zo gek, stel je voor dat papa zou sterven... brrr, die gedachte is nog enger dan oorlog. Ik denk dat ik nooit meer iets zou zeggen. En ik zou zo kwaad zijn. Op wie zou ik kwaad zijn? Ik weet het niet, waarschijnlijk op iedereen. Misschien zelfs wel op mama. En niemand zou me meer kunnen laten lachen. Nina niet en zeker mama niet. Zelfs papa niet, want die zou er dan niet meer zijn. En hij is de grappigste van ons allemaal. Lieve papa, ik mis hem zo. Jammer dat hij er weer niet bij is. Altijd als wij op vakantie gaan is hij ergens aan de andere kant van de wereld aan het werk. Mama is oké. Maar er zijn zoveel dingen die ze niet weet en alles vindt ze levensgevaarlijk of eng. Wat een raar verhaal vertelde ze ons pas. Over slangen en dat die altijd onder de rotsen liggen, en over hoe gevaarlijk het is om van de rotsen in de zee te duiken. Papa zou dat ook wel zeggen maar heel anders, dan word je er niet bang van maar let je juist beter op. 'Dames, als je gaat wandelen, schoenen aan je voeten. Let bij het duiken op je masker. En veel plezier meiden.' Zoiets zou papa zeggen.

Na vijfentwintig uur in de trein stapten we over in een boot. En wat voor een boot! Ik had gedacht dat het een soort cruiseschip zou zijn. Maar het was meer een soort verbouwde vissersboot! Hij wachtte wel speciaal op ons. We hebben een half uur in de haven gezocht naar de boot, want alle boten zien er bijna hetzelfde uit en we wisten alleen dat de naam "Plavi brk" - "Blauwe Snor"- was. De haven lag vol met boten en we konden de "Blauwe Snor" nergens vinden.
Er was ook een klein restaurantje dat "Kod veselog mornara" - "Bij de Vrolijke Zeeman" - heette. Nina en ik wilden er wat gaan drinken maar mama zei meteen: 'daar komt niets van in'.
Nina en ik hadden de hoop al opgegeven. Doodmoe zaten we met al onze bagage om ons heen op de kade en keken naar mama. Toen kwam uit "Bij de Vrolijke Zeeman" een mannetje naar ons toe gelopen. Hij was dik, rond met een grote snor met krullen en een te klein, blauw met wit gestreept, T-shirtje over zijn bolle buik.
'Hé, schoonheden. Ik mag een tonijn zijn als jullie niet op Barba Jure wachten. En dat terwijl Barba Jure op jullie zat te wachten in de "Vrolijke Zeeman"...'
Mama en ik keken hem wantrouwend aan.
'U bent zeker de kapitein van de "Blauwe Snor",' zei Nina.
En ja hoor, Barba Jure, was onze schipper. We zetten onze bagage in de boot en mama en ik gingen op de banken in het midden

van de boot zitten. Nina niet, die moest natuurlijk naast Barba Jure bij het roer van het schip gaan staan.
'Ik ben zo moe,' zei mama. Vrij snel daarna viel ze in slaap. Eerst was ik boos dat ze in slaap was gevallen. Maar ik wist ook dat ze de hele treinreis wakker was gebleven.
'Dora! Kom ook naar de brug. Misschien komen we dolfijnen tegen. Barba Jure zegt dat ze hier bijna altijd even mee zwemmen met de boot.'
'Ik geef niks om dolfijnen,' ik voelde me al een tijdje niet zo lekker. Ik bleef zitten en ik keek naar mijn schoenen.
'Hé Doortje, als je zeeziek bent moet je naar de horizon kijken. Dat heeft papa me verteld, dan voel je je vanzelf weer wat beter,' maar ik geloofde niet wat Nina zei.
'Oké, dan moet je het zelf maar weten,' zei Nina en verdween weer naar voren.
'Wat is er met je zusje? Heeft de zee de maag van dat kleine ding te pakken?' Vroeg Barba Jure en ze moesten er allebei om lachen. 'De zee is vandaag wat ruw, de Bura waait. 'Die wind waait van het land naar de zee.'
'Maar Bura betekent ook een week stralend weer.'
Ik dacht dat ik elk moment zou overgeven. Als ik naar de zee probeerde te kijken werd het alleen maar erger. De zee zag er zo eng uit. Ik hoorde hoe Barba Jure en Nina met elkaar kletsten alsof ze elkaar al jaren kenden. Ik hoorde Nina uitleggen waar we in Nederland wonen. Barba Jure kon zelfs een paar dingen zeggen in het Nederlands 'lekker biertje,' 'Ouwe Klare' en 'Goeie avond'.
Het duurde uren. Al die tijd bleef ik naar de bodem van de boot kijken. Ik durfde niet meer naar de zee te kijken. De zee leek helemaal niet meer op die prachtige zee die ik uit de trein had gezien. Het zag er zo groot uit, bijna levend en het haalde langzaam adem, op en neer, in en uit.

‘Kijk daar is de schone Kalina!’ Zei Barba Jure, ‘het eiland van jullie tante.’
Ik voelde me meteen ietsje beter, het einde was in zicht. Ik keek in de richting waarin hij wees. Aan de horizon kon ik een heel klein grijs streepje zien. Langzaam groeide het, tot ik het eiland goed kon zien. Ik zag wat bomen en een huis tussen de bomen. Toen zag ik iemand zwaaien met iets roods. Ivo?! Ik schudde mama wakker.
‘Kijk mama!’

Het eerste wat ik zag was een boom met allerlei kleuren. Ik herkende hem meteen want in mama’s fotodoos is een foto die ik heel erg mooi vind: Nina is daarop drie jaar en staat onder diezelfde granaatappelboom.
Aan de linkerkant zag ik een strand met witte kiezelstenen en aan de andere kant een olijfgaarde en dat daar, daarboven het huis, dat moet wel de amandelboom zijn waarover mama al zo vaak heeft verteld. Toen zag ik Ninka. Ik vond meteen dat ze veel op mama leek. Ze droeg alleen een tuinbroek en had blote voeten. Zo zou mama er nooit bijlopen.
Eindelijk legde de boot aan. Mama en Ninka omhelsden en kusten elkaar. Huilden en lachten. Barba Jure laadde de kartonnen dozen uit de “Blauwe Snor”.
‘Waar is Ivo?’ vroeg ik. Nina haalde haar schouders op.
‘Nina, Dora, dit is jullie tante Ninka!’
‘Tante Ninka, kom… zeg maar Ninka. En jij bent…,’ Ninka streelde over mijn wang, ‘…Dora. En jij Nina wat ben jij gegroeid!’
Ik stond er een beetje onbeholpen bij. Ik had geen idee wat ik moest zeggen tegen een tante die ik nog nooit had gezien.
‘Waar is Ivo?’ vroeg ik nu aan Ninka.
‘Ivooooo!’ schreeuwde Ninka in de richting van de heuvel achter het huis. ‘…Ivoooo! Je stripboeken en je nichtjes zijn aangekomen!’
Ninka pakte de twee kartonnen dozen en liep naar het huis.

'Kom, laten we gaan, jullie zijn vast doodop van de reis.'
Mama pakte haar koffer en sleepte hem achter Ninka aan. Nina en ik bleven een beetje verward achter op de steiger. Barba Jure startte de motor en riep: 'Ik zie jullie volgende week! Wat staan jullie dames daar nog? De zee is hier heerlijk warm, er is geen beter medicijn tegen vermoeidheid. Ga zwemmen!'
Nina trok haar gympies uit en rende naar het strand. Ik haalde diep adem, pakte mijn rugzak en liep naar het huis. Ik hoorde Ninka en mama praten, ergens boven in het huis. Ik hoorde een plons, dat moest Nina zijn die in het water dook. Ik ging zitten aan de grote houten tafel op de veranda en keek eens goed rond. Waar was ik eigenlijk?
Uit het niets kwam een grote zwarte kat tevoorschijn, hij ging op de veranda zitten en staarde me aan. Net alsof hij mij bestudeerde. Een beetje eng. Even later hoorde ik iemand aankomen, van achter het huis. Er verscheen een jongen, erg lang en bruin met bijna wit haar. Hij liep naar de tafel, nam een appel uit de kartonnen doos, haalde uit de andere doos een stapeltje strips en verdween weer. Zonder ook maar boe of bah te zeggen. Alsof ik helemaal niet bestond! Voordat ik iets kon zeggen was hij weg.
Nina kwam kletsnat aanlopen. Ze sprong in de hangmat die voor het huis hing.
'Dora, dit is beter dan Hawaï.'
'Nina, ik geloof dat ik net Ivo heb gezien. Hij zei helemaal niets en verdween nog voor ik hallo kon zeggen.'
'Ivo, wanneer? Ik heb niemand gezien.'
'Ivo en een enorme enge zwarte kat.'
'Ivo en een zwarte kat? En Dora, waar zijn ze nu dan?'
'Echt waar! Ik zeg het je toch. Hij kwam de veranda op, nam een appel, zijn stripboekjes en verdween weer.'
'Dan zal hij nu wel ergens lekker in de schaduw zijn strips liggen lezen. Met die zwarte kat op zijn schoot. Waarom ga je hem niet zoeken?'
'Hem zoeken? Geen denken aan!'

Hoofdstuk twee, een saaie plek

Hoe mijn eerste dagen waren op het eiland? Saai! Nina zag ik nooit, die was de hele tijd ergens anders. Of met haar duikbril onder water, of zonder duikbril ergens in het midden van de zee, of met haar schetsboek onder de amandelboom achter het huis. Als Nina met haar schetsboek bezig is, dan heeft het geen zin iets tegen haar te zeggen. Ze doet alleen 'mhn', 'Jahn' maar ze luistert niet.
Ik wist niet dat ik bang was voor de zee. Als we naar Wijk-aan-Zee gingen vond ik de zee niet eng. Maar hier is de zee zo anders. Bij de Noordzee zijn er altijd mensen op het strand en iedereen gaat de zee in. Je zwemt ook nooit ver de zee in. Waarom zou je ook? Het is het leukste om in de branding te spelen. Op de bodem ligt zand. Dat kun je niet zien, dus denk je er ook niet aan wat er allemaal onder water leeft en gebeurt.
Maar hier, in deze zee, is er niemand. Behalve Nina en ik, en je ziet alles. Ninka en mama gaan zelden zwemmen. Als je de zee ingaat is het eerst mooi en zie je alleen maar witte ronde kiezelstenen. Maar zodra je een beetje verder zwemt, kom je langzaam zwaaiend zeewier tegen. Overal om je heen zijn scholen kleine vissen. Als ik bij die donkere lijn in zee kom, zwem ik snel terug naar de witte bodem. Ik heb het ook geprobeerd met de duikbril op. Maar dan is het nog enger. Er gebeurt zo veel onder je als je zwemt. Ik houd er helemaal niet van om bang te zijn. Als papa hier was zou alles makkelijker zijn. We zouden samen zwemmen en ik zou dan op zijn rug mogen liggen. Samen zouden we door de zee drijven. We zouden spelen en ik zou helemaal niet merken dat ik in het diepe was, het diepste gedeelte van de zee waar je, volgens Nina, niets meer ziet als je naar beneden kijkt, behalve donker blauw. Maar papa is er niet en het zal nog tot september duren voor hij weer thuis komt. Deze zomer werkt papa in

Trinidad in de zee op een olieplatform. Als we hier een computer hadden zou ik hem een e-mailtje kunnen sturen. Als we een telefoon hadden zou ik hem kunnen bellen. Papa heeft een telefoonnummer van een vriend van Ninka die aan de vaste wal woont. Voor het geval er iets belangrijks gebeurt. Zo kan hij ons bereiken. En Joost mag weten hoe lang een brief van papa er over doet voor we hem hier ontvangen. Eerst moet die per vliegtuig over de oceaan, dan met de trein naar de Adriatische kust, dan met de postwagen naar het dorpje aan de kust en dan moet Barba Jure hem met zijn boot naar mij brengen.

De eerste dag deed ik niets anders dan op het strand liggen. Ik verbrandde mijn rug in de zon. 's Avonds was ik misselijk en had ik een beetje koorts. Ninka plukte drie citroenen van het kleine boompje dat ze in een grote pot op de veranda had staan en maakte een grote kan met limonade. Er zat geen suiker in en ik moest het in kleine slokjes opdrinken. Ook mixte ze iets met citroenen in een potje en smeerde dat op mijn rug. Het rook naar yoghurt, citroen en peterselie. Mijn rug bleef erg zeer doen. Uiteindelijk viel ik op mijn buik in slaap.
De volgende ochtend had ik geen pijn meer maar voor de zekerheid heb ik die hele dag op de veranda in de hangmat in de schaduw doorgebracht. Saai.
Direct na het onbijt verdween Nina weer naar het strand, met haar snorkel en flippers. Ivo kwam ook nog even op de veranda zitten. Toen hij ons zag zei hij alleen maar: 'Asimagor!' Mama omhelsde Ivo maar ik zag dat hij dat helemaal niet prettig vond. Hij nam zijn rugzak van de tafel en liep zonder verder ook maar iets te zeggen het stenen pad op naar de steiger. Hij stapte in zijn roeiboot en verdween uit het zicht.
'Ik word gek van hem,' zei Ninka en keek mama aan.
'Wat betekent dat, As-i-ma-gor?'
'Als ik dat eens wist Dora!' antwoordde Ninka.

De hele dag waren mama en Ninka aan het kletsen over vroeger. Ik deed net alsof ik aan het lezen was maar eigenlijk luisterde ik naar hun verhalen. Ik had niet eens hoeven doen alsof ik las, ze merkten toch niet dat ik er was. Ik luisterde een beetje naar mama en Ninka en een beetje naar de krekels. Er zijn duizenden en duizenden krekels op Kalina. 's Middags maken ze zoveel herrie dat ik bijna 'Stil!' wilde roepen. Toen hoorde ik Ninka net iets belangrijks tegen mama fluisteren: '... Snap je, hij heeft geen enkele vriend. Alsof hij alleen maar hier op Kalina kalm kan zijn. Als hij helemaal met rust wordt gelaten. Dat is niet normaal! Hij is pas twaalf. Op die leeftijd hoor je te lachen, te huilen, gewoon je emoties de vrije loop te laten. Weet je dat hij na Michailo's dood nooit meer heeft gehuild? Het was zo'n zware tijd. De eerste maanden had ik nodig om mijzelf weer op orde te brengen, een soort van orde in ieder geval. Weken en weken lang lag ik bijna de hele dag op bed en sprak geen woord. Alles

wat gedaan moest worden deed ik, maar zonder enthousiasme. Het koste me zoveel moeite. Maar ik wist me weer bij elkaar te rapen en pakte langzaam de draad weer op. Pas toen had ik weer oog voor Ivo. Ik was zo blind geweest voor zijn verdriet. Hij was zo veranderd. Hij was een ander kind geworden, zo stil en somber. Toen ik merkte dat ik nauwelijks tot hem door kon dringen, heb ik hem meegenomen naar een psycholoog. En weet je wat? Drie maanden, twee keer per week, bracht ik hem naar haar toe. Geen woord sprak hij. In al die drie maanden heeft hij geen woord met haar gesproken! En nu, naïeve ik, hoopte ik dat jullie komst iets voor hem zou betekenen. Iets zou veranderen. Weet je wat hij zei toen ik vertelde van jullie komst? 'Asimagor!' Ik word ziek van dat ge-Asimagor. Ik ben zo bang. Wat gaat er in hem om? Zijn lerares vertelde aan het einde van het schooljaar: 'zo'n geval als uw kind ben ik in mijn twintig jaar als onderwijzeres nog niet tegen gekomen. Het zou mij niet verbazen als uw zoon beter op zijn plaats zou zijn op een ander type school dan het onze.' Ik zei haar dat Ivo's proefwerk resultaten altijd acht of hoger waren. Weet je wat dat mens zei: 'Ja, dat kan wel zo zijn mevrouw, maar ik betwijfel of het zijn eigen werk is.' En dat noemt zich onderwijzeres! Weet je, ik ben soms zo kwaad op Michailo dat hij ons alleen heeft gelaten ...'
Ninka stopte met praten. Uit mijn hangmat kon ik zien dat ze alle twee huilden. Ik klom zachtjes uit de hangmat en ging in de schaduw onder de amandelboom zitten.

Nina was er niet. Ik keek om me heen of ik haar ergens zag. Vanaf die plek kon je bijna het hele eiland zien. Waar was ze? 'Pfloeshh, pfloeshh.' Ik hoorde hetzelfde geluid dat ik op het Briar Island had gehoord, in Canada. Maar hier zijn toch geen zeeleeuwen? Nee, het was Nina. Ze blies water en lucht door haar snorkel omhoog. Vreemd, als je beneden bent hoor je niets van wat er boven op de heuvel gebeurt. Terwijl als je hier bent je alles kunt horen wat er beneden aan geluiden wordt gemaakt.

Nina had haar schetsboek onder de boom laten liggen. Ik was nieuwsgierig wat ze de hele tijd had lopen krabbelen. Ik ging zitten onder de boom en deed het schetsboek open: zee, zee, zee, nog meer zee, rotsen, rotsen, rotsen. Mama en Ninka op de veranda, en nog twee andere tekeningen. Eentje van Ivo en eentje van mij. Onder de tekening van Ivo stond: 'mijn peinzende neefje'. En dit, dat verveelde gezicht, was ik dat? Blijkbaar wel, want er stond onder: 'Dora als ze weer eens niet weet wat ze moet doen'.

Wie zou zich hier niet vervelen? Ga maar eens na. Er is hier niks. Helemaal niks, alleen maar woeste natuur. Ik hou van de natuur maar dan wel met mensen erin. Maar er is zelfs helemaal niets dat je aan mensen herinnert. Geen postkantoor, geen winkels, markt, bioscoop, café of disco... Er zijn zelfs geen straten. Er is niet eens, zelfs niet een allerkleinste, dorpje. Er is geen elektriciteit. Geen water! Ja, er zijn twee waterreservoirs: een voor regenwater en een voor drinkwater. Het drinkwaterreservoir moet om de zoveel tijd gevuld worden met water van het vasteland. Een speciale waterboot komt daarvoor langs alle eilanden. Alleen Barba Jure komt regelmatig langs. Hij brengt bij alle kleine eilanden rond het Groot-eiland verse groenten en fruit, de krant, de post, etcn en eigenlijk alles wat je maar kan bedenken. Hij is een soort varende supermarkt. Ninka heeft ons gewaarschuwd, dat als we wat bij hem willen bestellen we het niet moeten vergeten op te schrijven. Anders weet je nooit zeker waar hij de volgende keer mee aan komt.

Vanmorgen wilde ik een brief voor papa schrijven, maar ik wist opeens niet meer wat ik zou schrijven. Alles is zo anders hier. Mama is ook anders. Ze praat de hele dag met Ninka. Ik begrijp het wel, ze hebben elkaar twaalf jaar niet gezien.
Ninka bemoeit zich helemaal niet met Ivo. Hij gaat overal heen, waar en wanneer hij maar wil. Wie heeft er ooit van gehoord dat

een twaalfjarig jongetje met een roeiboot zomaar de zee op mag? Stel je voor dat er opeens een storm opsteekt! Wat als de stroming de boot meeneemt, wie zal Ivo dan vinden?
Ik had geen zin om daarover aan papa te schrijven. Ik wil hem niet ongerust maken. En het is ook niet helemaal waar, Ninka maakt zich juist heel veel zorgen om Ivo.
Mama en Ninka hebben het de hele tijd over hetzelfde 'weet je nog van toen en toen,' er lijkt geen einde aan te komen. Als ze praten moeten ze of lachen of huilen. Ninka begint altijd te huilen of wordt stil als mama het over Michailo heeft. Ik heb Michailo niet gekend. Toch is het net alsof ik hem heb gekend.
Ik dacht aan die ochtend van het ongeluk. Stel dat de wekker niet was afgegaan, en Michailo de tram had gemist. Stel dat de dag niet zo mooi was geweest en hij had besloten om met de auto naar zijn werk te gaan... Maar dat was allemaal niet zo, het was zoals het was gebeurd.
'Hoe meer hij opgroeit hoe meer ik Michailo in hem zie,' had Ninka gezegd. Ik weet niet of dat een reden is dat ze van Ivo houdt. Ik denk dat Ninka veel van Michailo heeft gehouden. Ze praat ook over de grappige dingen die ze samen hebben gedaan.
Toen Ivo werd geboren en een stomme zuster in het ziekenhuis Michailo niet binnen wilde laten omdat het bezoekuur voorbij was, klom hij langs de balustrade naar de derde etage en trok voor het raam gekke gezichten naar Ninka.
Ik vind het niet leuk dat Ivo niks tegen mij wil zeggen. Geen wonder dat hij geen vrienden maakt. Ik weet zeker dat Ivo helemaal niet beseft dat Nina en ik zijn enige nichtjes zijn op de hele wereld. En als hij boos is omdat zijn papa dood is, dan zou hij kwaad moeten zijn op die vrachtwagenchauffeur en niet op Ninka. En zeker niet op mama, Nina en mij want wij kunnen er niks aan doen.

Hoofdstuk drie, hoe ik Ivo volgde

Niet ver van Ninka's huis, tien minuten lopen over het stenen pad, is er iets wat ze dorp noemen. Bij de ingang van het dorp staan aan beide kanten van de weg twee pilaren. Het lijken net twee wachters. Het zijn waarschijnlijk overblijfselen van een Romeinse villa, 'een herinnering aan de Romeinse Tijd,' had Ninka gezegd.

Wat zeg ik nu, een dorp?! Een dorp met twee inwoners! En wat voor een inwoners! Ze zijn nog ouder dan de schildpadden van de Galapagos. In het dorp zijn geen huizen meer, alleen maar ruïnes zonder daken, ramen, of deuren. Maar dat heeft niets met de oorlog te maken. Er is nooit oorlog op Kalina geweest, de zee zat ertussen. Van het vroegere dorp zijn alleen nog de stenen muren overgebleven. Die hebben de regen, de wind en de storm niet kunnen vernietigen. Al vijftig jaar lang woont er niemand meer in het dorp. Iedereen is weg! Waar naar toe? Ik denk naar andere plaatsen waar wel een postkantoor is, water uit de kraan, en elektriciteit.

Alleen twee oude zussen, Karmila en Anne, zijn gebleven. Ze wachten op de terugkeer van Annes man. Een zeeman die net na de Tweede Wereldoorlog naar Amerika is vertrokken! Dat was nog voor mama werd geboren, toen mijn opa Jasper nog een jongetje was! Karmela en Anne hebben een ezel en een hond.

De derde ochtend op Kalina, vroeg Ninka aan mij om naar het dorp te gaan om brood te halen bij Karmela en Anne. Nina was al weg, in plaats van te douchen neemt ze iedere dag een 'ochtendduik'. Mama was gedroogde vijgen aan een draad aan het rijgen en telde: '... laurierblad, één, twee, drie, vier, vijf vijgen, laurier blad, één, twee, drie...' Ninka was bezig met het klaar maken van het ontbijt.

'Maar waar is het dorp?' vroeg ik.

'Gewoon rechtdoor over het pad,' zei Ninka, ze klopte nog een ei in de pot, 'kan niet missen.'
'Maar hoe kan ik nu weten in welk huis ze wonen?' vroeg ik weer.
'Dat kun je helemaal niet missen,' en ze begon te lachen, 'als je in het dorp bent, zul je vanzelf merken in welk huis Karmela en Anne wonen.'

Ik liep zonder al te veel zin over het pad. Toen zag ik de Romeinse pilaren en het dorp erachter. Het kon niet missen er was een huis bewoond! In het raam stond een pot met rode bloemen. Voor het huis lag een hond. Ik zag hoe hij zijn snuit optilde en heel geconcentreerd begon te snuffelen. Daardoor wist ik meteen dat het een oude hond was, waarschijnlijk was hij al blind en doof. Alleen door te ruiken wist hij dat er iemand aankwam.
Ik ging naar hem toe en knielde bij hem neer. Ik fluisterde: 'Suhh, ik ben het maar, Doortje.'
Ik keek op en schrok me de vellen. Boven de deurpost, op een stenen dakgoot zat een enorme uil die mij aanstaarde. Ik had nog nooit een uil van zo dichtbij gezien. Hij had zwarte ronde ogen met een felle gele rand er omheen. De uil steeg langzaam op en vloog weg. Een bruine veer dwarrelde achter hem neer, vlak voor mijn voeten. Ik raapte de veer op en stopte hem in mijn haar.
'Ia..Ia..,' ik keek om me heen. Onder een olijfboom stond een ezel het droge gras te eten. Aha, dat was dus de ezel die me gistermorgen vroeg zo had laten schrikken. Toen werd ik wakker van een vreselijk geluid. Ik dacht dat het een monster was. Snel maakte ik Nina wakker.
Maar die moest er alleen maar om lachen. Wat is er zo grappig. Als je nog nooit een ezel in het wild hebt horen balken, de zon nog nauwelijks op is en je op een onbekend, verlaten eiland bent, is het dan zo gek om aan een monster te denken?
Ik knuffelde nog een beetje met de blinde hond, stond op en klopte op de deur. Niemand antwoordde of deed de deur open.

Wat nu? Ik duwde de deurkruk naar beneden. De deur ging vanzelf open. Het was er erg donker. Even zag ik niets. Toen zag ik een oude vrouw in een zwarte jurk met kant bij het vuur zitten. Met een pook rommelde ze in het vuur van de oven. Is dat Karmela?
'Goede morgen mevrouw, ik kom het brood halen.'
Ze gaf geen antwoord. Ik twijfelde even, wilde me omdraaien en terug naar huis gaan. Achteraan stond een andere oude vrouw met zo'n zelfde zwarte jurk.
'Aha... het meisje van Ninka,' ze zette een rieten mand vol met vijgen neer.
'Goedemorgen,' zei ik nog een keer, 'ik kom het brood voor tante Ninka halen.'
'Leuk... wat leuk... even wachten. Karmela haalt het brood. Anne heeft het al een tijd geleden gebakken. Anne kijk! Dit is het meisje waarover Ninka het had...,' maar Anne mompelde iets onverstaanbaars terug en bleef stoken in het vuur in de oven.
'En kind, ga jij nog naar school?'
'Natuurlijk.'
'Oohh,' zei ze alsof het iets bijzonders was, 'ik heb ook op school gezeten. Een heel jaar. Kijk, daar was de school, vol met kinderen,' en ze wees naar een plaats in het dorp. 'Keizer Frans Jozef had gezegd dat iedereen, jongens maar ook meisjes, naar school toe moesten. Dat was zo'n heerlijke tijd, jammer dat ik moest helpen in onze bakkerij. Van mijn meester Mate heb ik alle letters geleerd die er zijn'.
Ze nam een stukje kool en schreef heel langzaam op de witte muur K A R M E L A.
'Lieve Heilige Moeder toon ons de weg,' zei Anne en sloeg een kruis.
'Neemt u het haar niet kwalijk, ze is nooit naar school geweest,' zei Karmela.
Later vertelde Ninka mij dat Karmela tegen iedereen 'u' zegt die naar school gaat. Zelfs tegen kinderen uit groep één. In het begin

was ik een beetje bang van Anne en Karmela en dacht zelfs dat ze misschien wel heksen waren, vanwege die zwarte jurken, het vuur en natuurlijk door die uil. Maar dat ging snel over. Ninka vertelde mij dat zij die uil had gevonden. In haar tuin in de stad toen een kat hem had aangevallen. De uil was toen nog erg jong. Later had ze de uil meegenomen naar het eiland. Alle vrouwen van wie de man niet terugkeerde van zee droegen zwarte jurken. Als teken van rouw. Zo had Ninka het mij uitgelegd. Het vuur was natuurlijk om het brood te bakken.

Van Karmela leerde ik dat elke ezel een donker kruis op zijn rug heeft, omdat Jezus op een ezel Jeruzalem binnen reed.

'Misschien heeft Jezus nog op haar ezel gereden. Hij ziet er al zo oud uit,' zei Nina later en moest vreselijk lachen om haar eigen grap.

Die morgen toen ik Karmela en Anne voor het eerst ontmoette, probeerde ik Karmela uit te leggen waar Nederland ligt. Zij noemde Nederland de hele tijd Ollanda. Ik vertelde over hoe lang we moesten reizen voor we in Kalina waren.

'Ai-me, hoor je dat, Anne! Twee hele dagen door Europa, drie vrouwen alleen in de trein...' Opeens zag ik Ivo voorbij lopen op het pad. Door het dorp.
'Tante Karmela, ik kom straks terug voor het brood,' zei ik en rende weg.

Ik volgde Ivo. Eerst probeerde ik me nog te verbergen achter de rotsen maar toen herinnerde ik me dat er slangen onder de rotsen kunnen liggen. Ik besloot maar op het pad te blijven. Ivo draaide zich niet om, maar ik wist zeker dat hij hoorde dat ik hem volgde. Ondanks het lawaai van de krekels kon je duidelijk mijn voetstappen horen op de stenen. Ik was een beetje benauwd dat ik de weg kwijt zou raken als ik Ivo uit het oog verloor. Ik besloot iets dichter bij hem in de buurt te blijven. Plotseling verliet Ivo het stenen pad en ging de rotsige heuvels in. Ik vond dat nogal gevaarlijk. Omdat ik een beetje bang was voelde ik zelfs de scherpe distels niet. Boven op de heuvelrug ging Ivo naar beneden, in de richting van de kust aan de andere kant van het eiland. Kleine steentjes rolden onder mijn voeten weg, maar Ivo keek nog steeds niet om. Toen we aan het einde van het eiland waren gekomen ging Ivo over de rotsen lopen. Wat een rotsen!
Die rotsen moet je je voorstellen als een groot opengeslagen boek. In plaats van bladzijden zijn er stenen rotsen die stijl naar beneden lopen, recht de zee in. Soms liggen die rotsbladzijden dicht tegen elkaar aan maar soms ook niet. Dan moet je heel voorzichtig een klein sprongetje maken om van de ene op de andere te komen. De toppen van die rotsen zijn allemaal heel erg scherp. Ik lette niet meer op waar Ivo was en concentreerde me op de rotsen. Ik probeerde zo voorzichtig mogelijk te lopen en lette er op dat ik mijn voeten op de rotsen zette en niet in de ruimtes ertussen. Ik moest ook oppassen om niet van de rotsen af te glijden want ze glooiden naar beneden. Een keertje verloor ik even mijn evenwicht, ik sneed mijn knie aan de rots. Het deed zeer maar ik probeerde er geen aandacht aan te besteden en ging ver-

der. Zo liepen we zeker een uur, misschien zelfs wel langer. Eindelijk kwam er een einde aan die scherpe rotsen en waren er weer normale. De zee was ook niet meer zo ver weg beneden mij.
We kwamen bij een stenen ruïne. Ivo ging zitten en leunde tegen de stenen muur met een groot stenen kruis erbovenop. Ik kwam ook aan. Ik was moe, mijn benen zaten onder de schrammen en mijn ene knie bloedde. Ik ging zitten, een klein eindje van Ivo vandaan. Ivo deed net alsof ik er niet was. 'Bekijk het maar,' dacht ik en veegde het bloed op mijn knie weg met een beetje spuug. Ivo stond op en verdween achter de muur van de ruïne en riep toen heel hard: 'Asimagor!' Het leek wel alsof alle rotsen om ons heen terug riepen 'asimagor... asimagor ...' Ik stond op en strompelde naar Ivo en riep zo hard ik kon: 'Hé!' De rotsen antwoordden: 'Hé...hé...' Het was zo prachtig dat ik me naar Ivo toe draaide en 'hallo' zei. Maar Ivo ging terug naar de ruïne en we waren weer stil. Uit zijn rugzak nam hij een veldfles. Hij nam een paar slokken en zette hem tussen ons in neer.
'Mag ik ook een slokje,' vroeg ik.
Zonder een woord te zeggen gaf Ivo de veldfles. Ik merkte nu pas hoe erg ik dorst had, ik had de hele fles wel leeg kunnen drinken. Maar ik bedacht dat dat niet aardig zou zijn. Ik herinnerde me wat papa had verteld, dat als je zo'n dorst hebt, het genoeg is om alleen maar een paar kleine slokjes te nemen. Genoeg om je lippen, mond en keel vochtig te maken. Ik pakte de veldfles en nam drie kleine slokken. Als ik toen had geweten dat de scherpe rotsen waar we net overheen waren gelopen het Geitenpad werd genoemd, dan had ik niet alleen Ivo's water opgedronken maar dan was ik ook vreselijk kwaad op hem geworden. Dan was ik hem in ieder geval niet gevolgd over dat pad. Een paar dagen later hoorde ik van Karmela dat je op Kalina overal kunt wandelen maar niet over het Geitenpad moet gaan. Zelfs de geiten van Kalina vallen daar soms te pletter!
Maar dat wist ik toen dus niet en ik zette de veldfles weer tussen ons in.

'Mijn vader weet alles over water,' zei ik. Ik weet niet waarom ik dat zei.
'En mijn vader is dood. Dood. Dood,' zei Ivo.
'Sorry,' stotterde ik, 'ik...'
'Het maakt niet uit,' zei Ivo en keek mij aan. 'Hoe komt het dat jouw vader alles over water weet?'
'Omdat het zijn werk is.'
'Is dat zo? En, wat weet jij zoal over water? Weet jij bijvoorbeeld waarom Nederland niet onder water staat?'
'Natuurlijk weet ik dat!'
'Nou, waarom dan?'
'Omdat,' ik probeerde me alles te herinneren wat papa me ooit hierover had verteld. 'Langs de hele kust van Nederland zijn er dijken gebouwd, daar waar de duinen niet hoog genoeg zijn om het water met hoogwater tegen te houden. Ze noemen dat de Deltawerken. Weet jij dat er in Nederland twee stammen wonen? De Droogvoeten en de Natvoeten. De Natvoeten wonen in het westen en noorden, daar waar er altijd een kans is dat de zee de dijken doorbreekt en alles onder water zet. Maar dat kan maar een keer in de twaalfhonderdenvijftig jaar gebeuren, hebben ze uitgerekend. Niemand maakt zich daar druk om. De Droogvoeten leven in het oosten, daar waar de zee nooit kan komen, zelfs niet met het hoogste hoogwater. Daar heb je alleen de rivieren zoals de Maas, de Waal, de Rijn en de Lek. Die zorgen soms ook wel voor overstromingen maar dat is niets vergeleken met de zee.'
'Hum...,' Ivo keek mij aan. 'Kun je het echt zien dat het land lager is dan de zee?'
'Já. Soms als je in de auto langs de dijk rijdt zie je boven je opeens een stukje van een schip dat in het kanaal naast je vaart. Of als je op een dijk rijdt zie je het nog beter. Het water aan de ene kant is veel hoger dan het land aan de andere kant. Net alsof je op een heuvel staat. Dan is het duidelijk dat de koeien in het weiland naast de dijk eigenlijk een paar meter onder water lopen.'

‘Dat zou ik wel eens willen zien!’ zei Ivo en stopte de veldfles in zijn rugzak. Hij deed de rugzak op zijn rug en begon weer te wandelen. Nu liep ik naast hem. We zeiden niet zoveel maar het was heel anders dan op de heenweg. We wandelden en wandelden en af en toe stond Ivo stil om wat in een schrift te schrijven dat hij in zijn zak had zitten. Toen we weer bij het strand waren aangekomen ging Ivo op een rots zitten en zei dat ik mijn benen in de zee moest houden omdat het zeewater goed voor mijn wondjes zou zijn. ‘Ze denken hier dat de zee voor alles goed is,’ dacht ik, maar hield mijn benen toch in het zeewater. Het prikte een beetje. Ivo schreef wat in zijn schrift. De golven maakten een zacht suizend geluid en de krekels waren lawaaierig zoals altijd. Mijn benen prikten zo dat ik er bijna tranen van in mijn ogen kreeg, maar de pijn ging snel over.
‘Wat deden we vandaag eigenlijk? Wat schrijf je allemaal in dat schrift?’
‘Onderzoek,’ antwoordde Ivo. Hij zette zijn strohoed op en we gingen weer verder. Zonder dat ik er erg in had waren we opeens weer terug bij de amandelboom. Ik hoorde Ninka en mama praten op de veranda. Brood! Ik herinnerde me het weer en rende naar huis.
Nina lag te slapen in de hangmat. Mama en Ninka waren vis aan het schoonmaken voor het avondeten. Niemand was boos op mij! Karmela had het brood al gebracht en had Ninka en mama verteld dat ik met Ivo was gaan wandelen.
‘Wat heb je vandaag allemaal gedaan?’ vroeg mama.
‘Met Ivo het eiland onderzocht.’
‘Oh!?’ zeiden mama en Ninka tegelijk en keken elkaar aan.
‘Wat is er met je benen gebeurd?’ vroeg mama.
‘Dat is het risico van onderzoek,’ zei ik en voor ze meer konden vragen rende ik naar mijn kamer. Ik sprong in bed en dacht: het eerste wat ik morgen moet doen is aan Ivo vragen wat we eigenlijk onderzoeken.

Hoofdstuk vier, kijk, Luie maan

Het is op Kalina al voor tienen donker. Iedere avond keken Nina en ik naar de zonsondergang en iedere keer weer waren we verbaasd, dat het maar vier minuten duurde vanaf het moment dat de zon de zee raakt tot ze achter de kim is verdwenen. ‘s Nachts verandert alles op Kalina en hoor je er heel andere geluiden. Het lijkt wel of de krekels die overdag zo’n lawaai maken met zonsondergang naar bed gaan. Dan komen de nachtkrekels die maken een veel zachter geluid. Soms hoorde ik de uil ver boven het huis van Karmela, soms de oude blinde hond die blafte. Maar meestal is het bijna helemaal stil en hoor je dat wat overdag niet opvalt: de zee en de golven op de kust. Overal in het donker van de nacht zie je vuurvliegjes. Nina heeft ontdekt dat het heerlijk is om ‘s avonds voor het slapen op het balkon te gaan liggen.
Overdag is het daar zo heet dat je er blaren van op je voeten krijgt als je er overheen loopt. ‘s Avonds blijven de stenen lekker warm. Nina en ik gingen erop liggen en keken zo, met onze armen onder ons hoofd, naar de sterren. Er waren zo veel sterren! Zelfs meer dan je in de Flevopolder kunt zien, waar papa mij een keer mee naar toe heeft genomen. Op zo’n moment zijn Nina en ik stil. Het is net of alles beweegt en alleen wij stilstaan.
‘Weet je wat de Big-Bang is?’ vroeg Nina.
‘Natuurlijk, dat heb je me wel honderd keer verteld. Dat is toen alles begon. Eerst was er niets. Een groot niets. En toen ontplofte dat niets en de volgende miljoenen jaren was er alleen maar waterstof. Daar ontstonden de eerste sterren uit. En toen duurde het weer miljoenen jaren voor die eerste sterren ontploften. Nieuwe gassen kwamen vrij en daaruit werden weer nieuwe sterren gemaakt. Toen ontstond de zon. En pas toen, weer zo’n vier miljoen jaar later, ontstond de Aarde. Vol met water. Uit het water kwam het leven. Zo begon alles op onze planeet. Kun je je dat

voorstellen Dora?'
'Nee,' zei ik. Zonder verder te praten keken we weer naar de sterren.
'Shh. Nina, hoor je dat?'
'Wat?'
'Ik dacht dat ik stappen hoorde.'
'Het was vast en zeker Zwartje, de kater. Die is nu natuurlijk op muizenjacht.'
'Je hebt vast gelijk,' ik ontspande en keek weer omhoog. 'De meester zegt dat er geen leven is in de ruimte omdat er geen planeten met water zijn ...'
'Wat weet hij daar nu van! Weet je, er is een raket die ze Galileï noemen. Op dit moment reist Galileï door de ruimte. Zijn antennes meten van alles en al die informatie wordt terug naar de aarde gestuurd. Galileï heeft nog niet zo lang geleden foto's teruggestuurd van Europa. Europa is een maan die om Jupiter draait, net als onze maan rond de aarde. Weet je trouwens dat Jupiter niet één maar vier manen heeft? Europa, Callisto, Io en Ganymede. Weet je wat ze op die foto's van Europa ontdekten?
Europa is helemaal bedekt met een laag ijs! Wetenschappers denken dat er onder dat ijs een enorme oceaan water is. Wie weet wat daar allemaal in zit...'
'Shh, hoor je het?'
We luisterden aandachtig. Eerst hoorden we niets maar daarna hoorden we duidelijk voetstappen. Iemand liep in het donker om het huis. Ik sprong op en ging met Nina aan het randje van het balkon staan. Ik kon mijn hart voelen kloppen. De stappen kwamen dichter en dichter bij. Uit het donker verscheen...
'Ivo!' Nina en ik begonnen te lachen.
'Ivo,' riep Nina fluisterend om Ninka en mama niet wakker te maken, 'kom naar boven, met ons naar de sterren kijken.'
Ik was er zeker van dat Ivo niet zou komen. Maar hij kwam wel.
'Ik was ook naar de sterren aan het kijken, op de heuvel bij de amandelboom.'
'Waar waren jullie vandaag eigenlijk?' vroeg Nina. 'Ik heb jullie

overal lopen zoeken. Mama was eerst een beetje bezorgd maar toen kwam Karmela en die zei dat jullie waren gaan wandelen. Ninka zegt dat jij het eiland als je broekzak kent. Is dat zo?'
Ivo zei niets.
'We waren het eiland aan het onderzoeken,' zei ik.
'Het eiland onderzoeken? Interessant. Is er iets interessants te onderzoeken op dit eiland?'
'Nee,' zei Ivo eindelijk, 'er is niets dan steen op dit eiland'.
'Wat onderzoek je dan?' vroeg Nina een beetje lachend.
'Misschien is Kalina wel net als Europa,' zei ik. 'Misschien zit er wel van alles verborgen onder de stenen. Ivo, Nina heeft me net verteld over een van de manen van Jupiter ...'
'Europa is helemaal bedekt met ijs en daaronder zit water. Ik weet het, ik hoorde jullie praten.'
'Niemand weet wat voor leven er in die zee kan zitten.'
'Dora, niet overdrijven het is maar een theorie,' zei Nina.
'Hé, Ivo, zoek jij misschien naar een verborgen schat? Dora, heb je Ivo verteld van Oak Island?'
'Een schat! Stom dat ik daar niet opgekomen ben. Overal waar er zee is zijn er piraten geweest en waar piraten zijn geweest zijn

altijd schatten begraven,' zei ik hardop.
'Oak Island?' vroeg Ivo.
'Twee zomers geleden waren we met papa en mama op vakantie in Canada. Toen we door de provincie Quebec langs de rivier Saint Lawrence reden hebben we walvissen gezien,' zei ik.
'Walvissen in een rivier?' zei Ivo en keek me een beetje wantrouwend aan.
'Ja. Walvissen in de rivier. Toen we onze eerste walvis zagen, parkeerde papa de auto in de berm van de weg. We hebben uren daar gezeten en naar die walvis gekeken. De weg was heel hoog in de bergen en je keek recht naar beneden de rivier in. De rivier is daar wel kilometers breed. De walvis zwom heen en weer en van boven af konden we hem met de verrekijker goed volgen. Alleen als hij water blies kon je dat met het blote oog zien. Omdat we maar één verrekijker hadden, heeft papa in het volgende dorp meteen voor ons allemaal een verrekijker gekocht. En het hele vakantieplan werd omgegooid. We zochten alleen nog maar naar walvissen. En dat is hoe we bij ome Wijnand, een vriend van papa, in Nova Scotia zijn gekomen. Ome Wijnand heeft ons met zijn boot naar Oak Island meegenomen. En op dat eiland zijn mensen al driehonderd jaar aan het zoeken naar een hele beroemde schat die daar is achtergelaten door de beruchte piraten van kapitein Kit. Ome Wijnand zoekt ook een beetje naar

de schat met zijn boot. Hij is duiker en iedere dag duikt hij ergens rond het eiland, omdat hij gelooft dat de schat niet op Oak Island ligt maar op een ander eiland. En dat er onder water een tunnel is die daar naartoe leidt. Ook papa kreeg schatkoorts en omdat ome Wijnand ook meetapparaten op zijn boot heeft staan, zijn ze met zijn tweeën meteen begonnen met een kaart te maken van de bodem rond het eiland. We bleven er drie dagen. Op Oak Island liggen een heleboel grote stenen net als hier, alleen niemand weet hoe ze daar terecht zijn gekomen. Nina en ik denken dat de stenen een geheime boodschap bevatten, dat ze een soort kaart zijn. We hebben de stappen tussen de stenen geteld en weet je wat we hebben ontdekt? Er zijn altijd precies twintig stappen tussen de stenen. Jammer dat we maar drie dagen bleven want dat is niet genoeg om het raadsel te ontrafelen. Weet je wat ik vreemd vind? De naam van het eiland. Oak eiland, en er is geen eik op het eiland te bekennen. Is dat wat we vandaag deden Ivo? Zoeken naar een verborgen schat?
'Zo zou je het kunnen noemen,' glimlachte Ivo.
'Een piratenschat?' vroeg ik.
'Nee,' lachte Ivo.
'Een kist vol met gouden dukaten, parelen kettingen en medaillons, kisten tjokvol met juwelen ...,' droomde Nina hardop.
'Nee,' zei Ivo en keek ons aan alsof hij ieder moment in lachen uit kon barsten.
'Wat voor schat zoeken we dan?' vroeg ik hardop.
'Een ander soort schat,' Ivo glimlachte weer.
'En hoe weet je dat die andere soort schat op dit eiland is.'
'Dat weet ik gewoon.'
'En weet Ninka het ook?'
'Misschien wel, maar dan is ze het vergeten.'
'Weet Karmela het?'
'Ze weet het, maar wil het zich niet herinneren.'
'Ze weet het, maar kan het zich niet meer herinneren!'
'Wat een flauwekul. Waarom zou ze dat niet willen,' zei Nina.

‘Omdat ze alles is vergeten. Omdat ze gewend is geraakt aan een verlaten Kalina.’
‘Alsof dat ooit anders is geweest,’ zei ik.
‘Ja, eens was Kalina heel anders. Toen was het eiland vol met mensen. Het dorp was vol met kinderen. Het hele eiland was groen. Vol met bomen. Heel lang geleden. Maar er brak brand uit op Groot-eiland. En door de wind werden er vuuras en vonken naar Kalina geblazen. En zo ontstond er ook een brand op Kalina. Alles verbrandde. Later hebben de regen en de wind alle vruchtbare grond weggespoeld en nu zijn er alleen nog maar stenen en rotsen. Overal op Kalina behalve bij ons huis, omdat mijn opa en oma zo slim waren om een stenen muur rond hun land te bouwen. Daarna hebben ze dagen achtereen in hun roeiboot vruchtbare grond van andere eilanden gehaald. Die grond legden ze in het ommuurde land waar de wind en regen het niet konden laten wegstromen. Zij hebben de amandelboom geplant, de olijfboomgaard aangelegd. Oma plantte onze granaatappelboom.’
‘En die andere mensen. Wat deden die dan?’
‘Niets. Een voor een verlieten ze Kalina. En toen was er niemand meer behalve Karmela, Anne en mijn opa en oma. Maar die zijn overleden voor ik geboren werd. Mijn vader ging elke vakantie bij ze langs, wanneer hij maar kon.’
‘Ben je ooit met je vader op Kalina geweest?’ vroeg Nina.
‘Ja, vaak. En een keer de hele zomer zonder mama,’ zei Ivo en we werden alle drie stil.
‘Kijk, Luie-maan,’ fluisterde Nina en we keken elkaar aan.
Ik wist dat we allebei aan hetzelfde dachten. We dachten aan papa. Aan het begin van een wassende maan, als het net lijkt of de maan ligt te dobberen in de hemel, zegt papa altijd: ‘kijk, Luie-maan.’

Hoofdstuk vijf, een erg lange dag

'Je lijkt wel op Tom Sawyer...,' lachte Nina en pakte Ivo's strohoed af en zette haar eigen petje op zijn hoofd. Het "Kermits Mistake" petje dat ze van Dominique had gekregen en het hele jaar aan een stuk door heeft gedragen!
'...dit is een ideale Dora-hoed,' Nina zette Ivo's hoed op mijn hoofd. Ivo en ik keken elkaar aan en moesten vreselijk lachen.
'Dora, waarom zit je de hele tijd op je knieën?' vroeg Nina.
'Kijk! De mieren dragen een dode salamander naar de mierenhoop. De helft van de salamander hebben ze al opgeruimd.'
'En... wat is daar zo interessant aan om er uren naar te kijken?'
'Het is zó boeiend. De mieren weten precies wat ze moeten doen. Welke straten ze moeten nemen naar de mierenhoop. Er is een drukte in die straten dat het net een doordeweekse dag in de stad lijkt. Is jou nooit opgevallen dat de mieren pas verschijnen in de morgen met het opkomen van de zon, en verdwijnen in de middag als de zon op het hoogste punt is? Ze komen pas weer tevoorschijn in de namiddag als het koeler wordt. En de hele tijd zijn ze bezig. Ze sjouwen met broodkruimels, bladeren, wat ze maar kunnen vinden. En alles dragen ze naar hun nest. Met zonsondergang verdwijnen ze weer. Interessant hé?'
'Vreselijk,' antwoordde Nina terwijl ze naar haar kamer liep.
Ivo en ik bleven nog een tijdje naar de mieren kijken.
'Ik ben niet bang voor insecten. Voor geen enkel dier. Nina, die is voor alle insecten bang en zou nooit een duizendpoot durven oppakken. Iedere avond, voordat Nina gaat slapen, doorzoekt ze haar bed omdat er de eerste dag een duizendpoot over haar bed liep. Er zit van alles in onze kamer. Spinnen, ontelbaar! Maar daar ben ik ook niet bang voor. Zelfs de grootste pak ik met mijn handen op. Zelfs mijn papa durft dat niet. Een keer, toen in hun slaapkamer een dikke tuinspin zat, ving papa die door er een glas

overheen te zetten. Voorzichtig schoof hij er een vel papier onder en toen, toen gooide hij het vel, het glas en de spin door het raam de tuin in!'
'Hé misses en mister National Geographic,' riep Nina vanuit haar slaapkamerraam, 'gaan jullie nog wat anders doen dan mieren onderzoeken, of niet?'
'Jep,' zei Ivo en haalde een blaadje uit de baan van de mieren.
'Wil je met ons mee?' riep ik terug.
'Gaan we lopen of met de boot?' riep Nina. Ik keek Ivo vragend aan.
'Nee, vandaag is het wandeldag.'
'Dank je de koekoek, dan blijf ik vandaag liever bij Ninka en mama.'

Vandaag was ik wel goed voorbereid voor het onderzoek. Ik had mijn goede gymschoenen en kousen aangetrokken. Papa had me verteld dat als hij in Afrika werkt, hij altijd stevige leren schoenen met wollen kousen draagt tegen de doorns, slangen en 'ander ongedierte'. Ook mijn rugzak had ik goed ingericht. Van Ninka had ik een veldfles gekregen. Jammer dat we ons kompas en de verrekijker thuis hadden laten liggen. Erg jammer. Ik had zelfs boterhammen klaargemaakt. Eerst had ik er twee alleen voor mezelf gemaakt maar later ook twee voor Ivo. Toen ik daarmee bezig was, had ik Zwartje een plakje salami gegeven. In één hap was de salami weg en Zwartje verdween meteen. Lola, mijn kat, zou dat nooit doen. Ze zou om mijn benen heen blijven spinnen en kopjes geven en om meer bedelen. Zwartje niet, dat is zo'n vreemde kat. Ninka had twee appels gegeven en me plotseling, ik weet niet waarom, gekust.
'Waarvandaan al die voorbereidingen, Dora?' vroeg mama die de keuken binnen kwam.
'Ze gaat met Ivo het eiland onderzoeken,' antwoordde Ninka.
'Wel, euh dan euh, veel plezier dan maar. Pas op waar je loopt en zorg dat je thuis bent voor het avondeten!' zei mama.

'Er is geen beter medicijn tegen de hoest dan dit, en van dit plantje kun je thee maken waarvan je slaapt als een roos,' zei Ninka tegen mama, en zwaaide ons uit. Ze ging verder met het sorteren van allerlei planten die zij en mama gisteren hadden geplukt.
'Zijn we weg?' vroeg ik aan Ivo.
'We zijn weg...,' zei Ivo.

'Ivo, waar gaan we heen?'
'Waar we heen gaan? Goeie vraag,' zei Ivo zonder te antwoorden. En dus liepen we verder zonder dat ik wist waarheen. Toen we op de top van de heuvel waren aangekomen haalde Ivo een kaart uit zijn rugzak en vouwde hem over een rots uit.
'Kijk, dit is Kalina. Dit hier is het dorp van Karmela en Anne. En hier, hier én hier, waren vroeger kleine dorpjes. Ons huis staat hier. En wij gaan hier naar toe,' zei Ivo en wees met zijn vinger op de kaart naar de andere kant van het eiland. 'Ik wil je daar iets laten zien.'
'Hoe ver is dat?'
'Een uurtje, misschien iets meer. Ligt er aan hoe snel jij loopt. Het is niet zo ver. In drie uur kun je, als je opschiet, om het hele eiland lopen. De beste manier om op te schieten is om niet te praten. Dan loop je het makkelijkst en word je het minst moe,' zei Ivo. Hij vouwde de kaart weer op en begon te lopen.
We liepen zonder te praten. De zon ging steeds feller schijnen en mijn benen werden loodzwaar. Ik vond dat we wel een pauze konden inlassen maar Ivo zag er niet uit alsof hij er al aan dacht. En tja, overal waren alleen maar rotsen en nergens was een beetje schaduw te bekennen. Ik begon rond te kijken en als vanzelf leken mijn benen verder te gaan. Overal om ons heen hoorde je krekels snerpen. Op het eerste gezicht leek het net of er alleen maar stenen waren. Maar dan merkte ik dat, tussen en soms op de rotsen, de meest vreemde planten groeiden. Sommigen hadden kleine bloemetjes en ik dacht dat het daarom overal op het

eiland zo lekker rook. Na een tijdje te hebben rondgekeken, zag ik al wandelend dat tussen de stenen en de rotsen allemaal paden liepen. Ivo wist precies wanneer we welk pad moesten nemen. Toen we de top van de volgende heuvel hadden bereikt, zag ik in plaats van rotsen *een kerkhof*!'

'Ik wist niet dat er een kerkhof op Kalina was.'

'Natuurlijk is er een kerkhof. Wat denk je, dat ze vroeger op Kalina de doden in de zee gooiden? Ik heb je toch verteld dat er lang geleden veel mensen woonden op Kalina. Kom, dit moet je zien,' zei Ivo en nam me mee naar het kapelletje in het midden van het kerkhof.

Ik keek door het raampje. Binnen was het donker maar ik kon zien dat op het stenen altaar een houten doodskist lag. Ivo deed zijn hand in een gat in de muur naast de deur en haalde er de grootste sleutel uit die ik ooit in mijn leven had gezien. Hij opende de deur en we gingen naar binnen.

'Waarom staat die doodskist hier,' fluisterde ik.

Ivo lachte hardop.

'Omdat het hout altijd, ook toen er hier nog bomen stonden, een schaars goed was. Niemand kapte de bomen op het eiland want de wortels van de bomen hielden de vruchtbare grond vast...'

'Net als in Nederland de helm in de duinen.'

'Als er iemand overleed dan haalden ze deze kist op en deden het lijk erin. Ze droegen die dan naar het kerkhof en begroeven de dode en brachten diezelfde kist weer terug naar de kapel. Klaar voor hergebruik.'

'Zo maar?! Gooiden ze het lijk dan zomaar in het graf?

'Nee. Niet gooien, lomperd. Ze lieten de dode die gewikkeld was in een lijkwade zakken in het graf. Aan de hand van de lijkwade kon je zien hoe rijk iemand was geweest. Kom, ik wil je iets anders laten zien,' zei Ivo. Hij deed de deur op slot en legde de sleutel terug in het gat in de muur. Hij liep naar een van de stenen kruizen op het kerkhof.

'Hier zijn mijn opa en oma begraven. Caterina en Ivo Vojvoda.

'Ah! Je bent dus naar je opa vernoemd.'
'Ze hebben het hier goed. Kijk eens naar het uitzicht op de zee.'
Ivo ging op de grond zitten en staarde over de zee. Ik wandelde een beetje over het kerkhof.
'Iedereen heeft hier dezelfde naam,' riep ik, 'Nobilli of Vojvoda!'
'Dat komt omdat op Kalina alleen maar Nobilli's en Vojvoda's hebben gewoond. De Nobilli's woonden in de heuvels en de Vojvoda's aan de zee. Nobilli's hadden geiten en maakten kaas en de Vojvoda's waren vissers. En alle twee hadden olijfboomgaarden en in alle twee de families kwamen zeelui voor. 'Kijk,' zei Ivo en wees met zijn vinger ergens in de verte. 'Daar gaan we naartoe. Naar de ruïne waar we gisteren ook waren. Dat was vroeger de kerk van de Heilige Moeder van de Sneeuw. Die is honderd jaar geleden gebouwd door de Nobilli's en Vojvoda's.

Ze hebben de stenen met de hand uitgehakt aan de andere kant van het eiland, waar wij wonen. En weet je waarom ze die kerk gebouwd hebben? Omdat het in mei van dat jaar had gesneeuwd! Niemand had ooit sneeuw gezien op Kalina, behalve die keer. Wie het laatste aankomt is een ezel!' Riep Ivo en rende de heuvel af in de richting van de ruïne. Ik pakte Ivo's en mijn rugzak en begon ook te rennen. In minder dan geen tijd waren we bij de ruïne.

Er was niet meer zo veel over van de kerk. Er was alleen nog een stenen muur en het kruis. De stenen vloer was overwoekerd met gras. We lagen alle twee op de vloer. Het was er lekker koel. Ik nam de boterhammen en het water uit mijn rugzak.

'Is dit nog steeds een kerk,' vroeg ik.

'Weet ik niet, misschien. Misschien blijft een kerk altijd wel een kerk.'

'Alle kerken zouden er zo uit moeten zien,' zei ik en staarde met mijn armen onder mijn hoofd naar de donzige wolken boven ons.

'Nina weet een hoop over de ruimte, hè?'

'Ja. Ze heeft al mama's oude nummers van Galaxy gelezen.'

'Ik wist niet dat je moeder ook geïnteresseerd is in de sterren'.

'Mama? Waar we ook naar toe gaan sleept ze haar oude telescoop mee die ze ooit op het Waterlooplein heeft gekocht. Voor vijfentwintig gulden! Ze weet precies waar en wanneer je bepaalde sterren aan de hemel kunt vinden. Twee jaar geleden in Canada hebben we het Noorderlicht gezien. Ik heb er zelfs foto's van gemaakt maar daarop zie je alleen maar rood en groen terwijl het in het echt een witachtig licht is dat ...'

'Hebben jullie die telescoop meegenomen?'

'Gek genoeg niet. Toen we aan het inpakken waren, had Nina gezien dat mama hem niet had ingepakt. Ze wilde hem zelf meenemen maar mama zei toen: "Geloof me, Kalina is een van die plaatsen op de wereld waar je geen telescoop nodig hebt." We hebben hem dus niet bij ons.'

'Weet Nina ook veel over water?'

'Nina? Nee, niets. Ze kan er alleen maar de hele dag in zwemmen.'
'Zullen we gaan zwemmen?'
'Waar?'
'Hier natuurlijk. Van deze rots, kun je zo de zee in duiken. En een eindje verder kun je er makkelijk uitklimmen, als er geen golven zijn. Als er golven zijn is het gevaarlijk want de rotsen zijn nogal scherp. Maar de zee is nu heerlijk rustig. Kom en kijk,' zei Ivo en liep de kerk uit.
Ik ging achter hem aan.
'Ik weet het niet,' zei ik toen ik naar beneden keek.
'Maar ik weet het zeker. Het is tijd voor onderwater denken.
Ivo deed zijn shorts, T-shirt en schoenen uit en sprong van de rots.
'Waar wacht je nog op. Weet je hoe warm het water is. Lauw,' en hij dook onder water. Ik keek over de rand van de rots en wist meteen dat ik nooit van zo'n hoogte zou springen. Opeens stond Ivo weer achter mij.
'Wil je zeggen dat je bang bent? Je bent bang. Maar het is helemaal niet eng. Kijk. Een.. twee.. drie,' en hij sprong weer de zee in.
'Het is echt niet eng. Het lijkt alleen maar eng zo'n eerste keer. Als je het een keer hebt gedaan stelt het niets meer voor. Als je hiervandaan omhoog kijkt is het helemaal niet zo hoog. Dat lijkt het alleen maar omdat je op de rots staat.'
'Hoe weet je dat het diep genoeg is om te springen?'
'Het is zelfs diep genoeg als het laagwater is,' zei Ivo en verdween weer onderwater.
Ik stond aan het randje van de rots en keek naar het water. Zelfs de gedachte aan springen maakte dat ik een naar gevoel in mijn maag kreeg. Ik gaf het op en ging op de rots zitten. Er gingen minuten voorbij en Ivo kwam maar niet tevoorschijn. Toen werd ik ongerust. Stond op en zocht met mijn ogen het water af. Niets. Alleen maar zee en zeemeeuwen en ik voelde mij helemaal alleen.
'I V O!' schreeuwde ik.

Niets. Stilte. Zou ik in het water moeten gaan zoeken, dacht ik. Ik raakte in paniek en toen, ik weet niet waar vandaan, onder de zee, onder de rotsen, hoorde ik een diepe stem roepen: 'Doooora ... de geesten van de Vojvoda's groeten je.' Ik schrok zo dat ik met kleren en al het water in sprong. In het water begon ik te gillen: 'Ivo.. Iiivooo!' Ik geloof dat ik huilde. Ivo dook voor mijn gezicht op en snikte van het lachen. Ik was zo kwaad dat ik vergat te zwemmen en bijna zonk. Met moeite wist ik naar de kant te zwemmen en mezelf uit het water te krijgen. Ivo kwam er ook uit en ging naast me zitten.
'Idioot,' zei ik en schoof een beetje op.
'Hé, sorry. Ik wist niet dat je zo zou schrikken. Er zijn drie grotten onder die rots. In je eentje kun je er nu, met laagwater, net staan. Het water komt niet hoger dan je heupen. En natuurlijk kun je er ademen. De grot is van witte steen en er valt licht binnen. Zou je het willen zien?'
'Nooit van mijn leven,' riep ik met zo'n overslaande stem dat Ivo het niet kon laten om te lachen. Het was ook wel een beetje grappig maar ik wilde niet lachen. Ik trok mijn natte T-shirt en shorts uit en legde ze op een steen om te drogen. Toen deed ik mijn gympjes uit en liet het water er uit lopen. Mijn kousen legde ik naast mijn T-shirt.'
'Hé. Je bent van de rots gesprongen,' zei Ivo opgewekt.
'Weet je, voor iemand die eigenlijk niet zoveel zegt, praat je erg veel de laatste tijd,' ik ging nog verder van hem vandaan zitten.

Ivo dook weer de zee in. Het interesseerde me geen biet. Een tijdje later kwam hij uit het water en legde iets achter mijn rug. Eerst wilde ik helemaal niet kijken wat het was. Vast een zee-egel! Maar toen ik zeker wist dat Ivo niet oplette keek ik. Nee, geen zee-egel. Een prachtige rozige schelp zo groot als mijn hand. Zoiets moois had ik nog nooit gezien. Hij was roze aan de buitenkant en parelmoer van binnen. Het parelmoer vertoonde allemaal verschillende kleuren in het zonlicht.

‘Soms vind je die in de grotten.’
‘Ik ben hier zo vreselijk bang voor de zee,’ zei ik en kon niet geloven dat ik het had gezegd.
‘Ik weet het, maar iedereen is bang voor de zee. Ik ook, soms.’
‘Echt? Waar ben jij dan bang voor? Haaien?’
‘Nee. Hier zijn nooit haaien. Soms zie je dolfijnen en heel soms een zeehond. Maar niet zo vaak. Nee, ik ben niet bang voor de vissen of zeeplanten. Ik weet niet, maar soms lijkt de zee zo groot en voel ik me zo klein... zoiets.’
‘Ik weet ook niet goed waar ik bang voor ben. Misschien ben ik ook niet bang voor de dieren in de zee. Ik houd van dieren en ben nooit bang voor ze.
‘Ik haat het als ik bang ben,’ zei Ivo.
‘Ik ook. Mijn papa zegt dat als je bang bent je moet bedenken dat angst alleen maar in je hoofd bestaat en nergens anders.’
‘Mis je je vader, Dora?’
‘Ja, een heleboel. En jij?’
‘Jouw papa?!’
‘Nee, jouw papa.’
‘Soms.’
‘Hoe was je vader?’
‘Grappig.’
‘Grappig?’
‘Ja. Ik herinner me dat ik altijd moest lachen met hem. Ik herinner me dat we elke zondagmorgen naar de bioscoop gingen om naar de tekenfilms te kijken. Hij viel altijd in slaap en ik moest hem dan wakker maken omdat hij zo hard begon te snurken. Alles in mijn hoofd zit in de war. Ik weet niet meer wat mijn eigen herinneringen zijn of wat de verhalen van mama zijn die ze zo vaak herhaalt. Hij is er al bijna de helft van mijn leven niet meer...’
‘Ivo, waar zoek je eigenlijk naar?’
‘Dat heb ik toch al gezegd. Iets.’
‘Wat voor iets?’

'Iets, iets,' zei Ivo en keek naar de zon. 'Het is tijd om op te staan.'
'En het onderzoek?'
'Daar gaan we op onze terugweg mee beginnen.'
'Hoe kan ik iets onderzoeken als ik niet weet wat.'
'Denk dan na. Misschien kom je er achter.'
'Wat we zoeken, is dat groot?'
'Ik weet het nog niet. Misschien groot, misschien klein.'
'Ligt het iets onder de rotsen?'
'Ja.'
'En het was niet van piraten?'
'Nooit.'
'Heeft iemand het onder de rotsen verstopt?'
'Nee.'
'Ligt het er al eeuwen?'
'Waarschijnlijk.'
'En het bestaat alleen op Kalina?'
'Nee, het bestaat overal maar juist niet op Kalina.'
'Waarom zoek je er dan naar als je weet dat het hier niet is?'
'Als ik het vind is het er wel. Maar nu basta! Asimagor zegt dat het tijd is om te gaan.'
'Wie is nu die Asimagor?'
'Mijn goede vriend.'
'Dat slaat nergens op. Ik snap er niets meer van,' zei ik en kleedde me aan.
'Denk na! Dan snap je het misschien wel,' zei Ivo en begon de heuvel op te lopen. Ik wist dat we nu weer een tijd van stilte zouden ingaan. We liepen en liepen en Ivo bestudeerde de rotsen en stenen en schreef af en toe iets op in zijn schrift. Zo kwamen we langzaam weer terug bij de amandelboom. In de wind roken we de geur van gebraden vis die mama en Ninka op de barbecue hadden gelegd. Nina zat op de veranda en sneed de tomaten voor in de salade.
'Hier zijn we,' riep ik en liet mijn rugzak vallen.

‘Je hebt geen idee hoeveel ik van je houd,’ zei Ninka en ze omhelsde me.
‘Dora is soms een engel,’ zei mama en draaide een vis om, ‘heb je nog iets spannends gedaan?’

Ik vertelde alles over het kerkhof, het kapelletje, de Vojvoda’s en de Nobilli’s, over de kerk en dat je op een van de muren nog oude tekeningen kunt zien. Het springen van de rots liet ik voor de zekerheid weg.
‘De fresco van Filip en de Ethiopiërs,’ zei Ninka.
‘Euh.. wie?’ vroegen Ivo en ik tegelijk.
‘Fresco’s! Dat moet ik zien,’ zei Nina en beet in een tomaat.

Na het eten vertelde Ninka ons het verhaal over Barba Jure en zijn boot. Toen Jure met pensioen was gegaan als stuurman van de Grote Vaart kocht hij een boot waarmee hij alleen nog maar wat zou werken hier bij de eilanden. De dag dat hij zijn boot had gekocht ging hij dat vieren met zijn vrienden in de “Vrolijke Zeeman”. Het duurde niet lang of Barba Jure lag in diepe slaap verzonken. Zijn vrienden schilderden, met de verf die Jure speciaal voor zijn nieuwe boot had gekocht, zijn snor blauw. Ze lachtten de knopen van hun broek. Toen Barba Jure wakker werd begreep hij niet waarom iedereen zo’n plezier had om hem. We moesten vreselijk lachen om Ninka’s verhaal.
Mama kwam de veranda op met een gitaar.Toen Ninka de gitaar zag, stopte ze midden in een zin en trok meteen een serieus gezicht. Ze werd stil.

‘Alles heeft zijn uur, en ieder ding onder de hemel zijn tijd,’ zei mama en legde de gitaar op Ninka’s schoot.
Ninka nam de gitaar, haalde haar vingers een beetje onwennig over de snaren en wilde iets zeggen, maar mama ging naast haar zitten op de vloer van de veranda. Legde haar hoofd tegen Ninka’s schouder en begon te zingen. Eerst luisterde Ninka

alleen maar en lachte een beetje maar daarna begon ze mama op de gitaar te begeleiden. De hele avond hebben ze gezongen en gespeeld. Ze deden hun best zich alle liedjes die ze ooit hadden geleerd te herinneren.
'Luister, luister, ken je deze nog…' zeiden ze telkens.
'We gaan naar het balkon,' zei Nina, maar Ninka en mama hoorden haar niet eens. Ze waren nu aangekomen bij de liedjes die ze nog geleerd hadden toen ze nog scouts waren.

'…en wat was er voor de Big-Bang?' vroeg Ivo die in het raamkozijn van zijn kamer boven het balkon was gaan zitten.
'Dat is nu juist de grote vraag: hoe uit het niets, iets kan komen. Dat is wat niemand snapt. Er zijn geleerden die zeggen dat tijd niet bestond. Maar dat kan ik me niet voorstellen. Zo, hier heb je een klein raadsel over Niets, Ivo. Je houdt toch van raadsels?'
Ivo was stil. Net als ik zal hij wel niets begrepen hebben van wat Nina zei, maar dat was niet belangrijk. De hemel was zo mooi dat je er uren naar kon kijken zonder er ook maar iets van te snappen. Nina begon weer een of ander verhaal over de ruimte maar haar stem werd zachter en zachter en vermengde zich met het geluid van de krekels en mama's en Ninka's stemmen. Wat er daarna was weet ik niet meer. Ik moet als een blok in slaap zijn gevallen want de volgende dag werd ik wakker in mijn bed en wist ik niet hoe ik daar was gekomen.

Hoofdstuk zes, eerste raadsel opgelost, tweede raadsel opgelost

'Dora... niet uren douchen, hè? Op Kalina is water een schaars goed, het is kostbaarder dan goud,' riep Ninka van de andere kant van de badkamerdeur.
Alsof ik uren zou douchen! Dit is geen douche, maar een dingetje waar een klein stroompje half lauw water uitkomt. Dat is het regenwater uit het groene waterreservoir. Het water dat je absoluut niet mag drinken. Drinkwater zit in het waterreservoir achter het huis, maar dat is ook lauw en heeft een hele vreemde smaak. Dat geeft niet want Barba Jure komt iedere week met limonade en Spa-water. Dat stoppen we in de koelkast. En wat voor een koelkast! Het is een stenen gat in de vloer van de keuken. Op de bodem van dat gat ligt een groot ijsblok. Echt groot! Barba Jure verkoopt ook ijsblokken. We leggen alles dan netjes op het ijs en sluiten dat gat met een houten luik. 'Eerst nadenken wat je wil voor je het luik open maakt,' had Ninka gezegd toen ik nog niet wist hoe je hier leeft op Kalina. Gelukkig is Ninka's huis gebouwd van grote brede steenblokken. Daarom is het altijd koel in huis, zelfs 's middags als het zo heet is dat zelfs de krekels stoppen en met snerpen de mieren in hun mierenhoop kruipen.
Die morgen had iedereen zich verslapen. Geen wonder, want niemand weet hoe lang Nina nog tegen Ivo over de ruimte heeft zitten praten en hoe lang Ninka en mamma nog hebben gezongen.

'Wie heeft het brood gebracht?' vroeg ik aan mama en Ninka die de ontbijttafel aan het dekken waren.
'Ik,' zei mama terwijl ze thee inschonk. 'Ninka, heeft Karmela geen geiten meer? Herinner je je die zomer nog toen we iedere ochtend geitenmelk dronken?'
'Nee. Al een paar jaar niet meer.'
'Jammer.'

‘Mama, hoe vaak ben je op Kalina geweest?’
‘Twee keer. Eén keer met Nina voordat jij geboren was en één keer in de zomer toen we allemaal nog studenten waren. Ninka en Michailo hadden net verkering. Michailo bracht iedere dag geitenmelk van Karmela, maar Ninka wilde er zelfs niet aan ruiken. Michailo heeft van alles geprobeerd om de smaak te veranderen. Hij deed er suiker in, cacaopoeder…’
‘Bjak. Geitenmelk, dat klinkt afschuwelijk.’
‘Absoluut afschuwelijk,’ zei Ninka en zette de potten met jam op tafel.
‘Nonsens,’ zei mama, ‘het is sterk en zit vol met vitaminen.’
Gelukkig heeft Karmela geen geiten meer, dacht ik.
‘Waar is Ivo?’
‘Ik weet het niet. Geen idee,’ zei Ninka en keek naar de aanlegsteiger. ‘Zijn roeiboot is er niet. Misschien is hij de zee op en wacht hij op de vissersboten om verse vis te halen. Kijk, wat zei ik! Daar is hij,’ en ze wees met haar vinger.
In de verte, zo klein als een walnoot, zag ik Ivo’s bootje. Ik was opgelucht. De gedachte dat hij zonder mij op onderzoek uit was gegaan, vond ik niet leuk. Nina kwam terug van haar ochtendbad.
‘Het water is vandaag echt koud,’ zei Nina en rolde zich in een handdoek en begon meteen met eten. ‘Die Karmela kan echt lekker brood bakken.’
‘Anne. Nina, Anne, bakt het brood. Weet je hoe laat ze opstaat om brood voor ons te bakken? Om vier uur in de ochtend. ‘s Avonds maakt ze het deeg klaar, in de ochtend stookt ze vuur tot de oven warm genoeg is. Dan kneedt ze het deeg nog een keer en dan bakt ze het brood. Lieve Anne …,’ zei Ninka en draaide zich om naar mama en begon iets over Anne te vertellen.
‘Nina, luister. Ik heb je gisteren iets vergeten te zeggen.’ Ik ging dichter bij Nina zitten en vertelde haar over de rots waar ik vanaf gesprongen was en over de ondergrondse grotten.
‘Echt! Je verzint het niet?’
‘Echt niet.’

‘Vandaag ga ik met jullie mee. Onderzoeken!’
Hè hè, ik wist dat Nina de verleiding van de grotten niet kon weer staan. Na het ontbijt pakten Nina en ik onze rugzakken en wachtten op Ivo tot hij klaar was met zijn ontbijt. Mama deed de vis in de koelkist.
‘Lekkerdere vis heb je nog nooit gegeten,’ zei mama.
‘Hij is vers, nog maar net gevangen. Dat vind je in de stad niet,’ antwoordde Ninka, ‘weet jij wat wij gaan doen vandaag? We gaan de visnetten repareren! Ze hangen al eeuwen onder de veranda.’
‘Visnetten repareren? Wat weet jij daarvan?’
‘Barba Jure heeft het me uitgelegd en voorgedaan. Het lijkt net op haken…’
‘Ninka, jij kon nooit een steek van handwerken!’
‘Wat? Ik? Ik kon prachtig borduren. Mama heeft me dat geleerd. Jij bakte daar nooit iets van!’
‘Ninka, waar heb je het nu weer over?’
Ninka en mama gingen zo nog een tijdje door met vitten op elkaar. Wie er wat van hun moeder had geleerd. Nina en ik keken naar ze en moesten bijna lachen. Ik denk dat we op dat moment hetzelfde dachten. Ze leken zo op ons als wij ruzie maken. Ik denk dat ik voor het eerst zag dat mama en Ninka zussen waren.
‘Tijd om te gaan,’ zei Ivo. Hij pakte zijn rugzak en wandelde naar de steiger.’
‘Hé, wacht op mij!’ riep Nina.
‘Waar gaan jullie heen?’ vroeg mama.
‘Met Ivo mee,’ zei ik.
‘Met de boot?’ vroeg mama met een achterdochtige stem.
‘Kom op. Het is in orde. Ivo kent de kust hier als zijn broekzak. Laat ze lekker gaan,’ zei Ninka.
‘Ik weet het niet…’
‘We blijven dicht langs de kust. Er is geen reden voor paniek,’ riep Ivo.

‘Eten is om zes uur. Hebben jullie een horloge?’ vroeg mama. Maar Nina en ik renden al naar Ivo toe. Mama keek een beetje bezorgd. Ninka legde haar arm om haar schouder, ze zei iets tegen mama. Alle twee wuifden ze ons toen uit.

Ivo begon met roeien. Eerst was ik een beetje bang, maar hij bleef echt dicht langs de kust roeien en ik stopte met ongerust zijn. De zee was erg kalm. ‘Dat komt omdat de Mistral waait,’ had Ivo gezegd. Toen roeide Nina een eindje. En later lieten ze me zien hoe het moest en mocht ik het ook proberen. Roeien lijkt erg makkelijk. In het begin is het ook makkelijk maar na een tijdje gaan je handpalmen zeer doen en worden ze branderig. Dan wordt het een stuk moeilijker.
‘Mijn beurt,’ zei Ivo en ik gaf hem met plezier de roeispanen.
Ik lag in de bodem van de boot en keek naar de zeemeeuwen in de lucht. Ze cirkelden in de rondte en vielen dan als een blok naar beneden. Soms zag je ze dan met een vis in hun bek weer opstijgen. Dan verdwenen ze. Waarschijnlijk zoeken ze een rustig rotsje op om de vis op te eten. Of zouden de zeemeeuwen de vis opeten terwijl ze vliegen? Ik durfde het niet aan Ivo te vragen. Hij zou het vast een stomme vraag vinden. Nina en Ivo praatten over de grotten, maar ik luisterde niet. Die grotten interesseerden me niet.
Ik betrapte mezelf op een moment dat ik niets dacht. Nina heeft gelijk, het is heerlijk om in een boot te liggen die schommelt en om aan niets te denken. Ik keek naar de hemel en vroeg me af waarom je overdag niet dezelfde dingen als ‘s nachts kunt zien. Maar die vraag stelde ik ook niet, want Nina zou dat vast en zeker een stomme vraag vinden. Het is maar goed dat Ninka mama elke keer weer weet over te halen om ons alleen op onderzoek uit te laten gaan. Ninka is een wiskundelerares. Wie had dat ooit gedacht, dat wiskundeleraressen de hele dag op blote voeten lopen en hun kinderen de hele dag alleen in een boot er op uit laten gaan? Van Ninka mag je bijna alles. Sinds we er waren was

ze nog geen enkele keer boos op een van ons geweest. Toen ik een grote glazen kom met sla liet vallen, kwam Ninka de keuken binnen en vroeg of ik me had gesneden. Dat was het eerste wat ze zei. Ze keek naar mijn handen en pas later naar het gebroken glas en de sla op de vloer. 'Geeft niet. In de tuin groeit genoeg sla.' Ze raapte alles van de vloer en stuurde mij naar buiten zodat ik niet in het glas zou stappen.

En toen ik me die eerste dag in de zon had verbrand, hoorde ik later van mama dat Ninka de hele nacht de natte doeken, met haar medicijnen, had verwisseld. Nee, Ninka is nooit boos. Alleen een beetje in het begin toen ik de kraan van het drinkwater niet goed dicht had gedraaid. Toen zei ze, zoals ze de hele tijd zegt, dat water op Kalina kostbaarder is dan...

'Hé,' gilde ik en sprong zo plotseling overeind dat de boot gevaarlijk begon te wiebelen.

'Dora, ben je gek geworden,' gilde Nina en probeerde de boot weer stil te krijgen.

'Ik weet het! Ik weet wat je zoekt! Ik weet het!'

'Last van een zonnesteek Dora?' zei Nina.

Ivo roeide langzaam door en keek me aan zonder een woord te zeggen.

'Ik weet het! Water is op Kalina kostbaarder dan goud,' imiteerde ik Ninka. 'Ha! Ik weet het. Je zoekt een waterbron.'

'Goedemorgen Columbus! Het kostte je bijna een week,' zei Ivo kalm en ging door met roeien.

'Een waterbron?' Nina kon haar teleurstelling maar moeilijk verbergen. 'Waar heb je nu water voor nodig?'

'Water is leven,' zei Ivo beledigd.

'Klopt. Maar wat valt er nou te vinden? Als er water zou zijn, waarom hebben jullie dan reservoirs? '

'Er is water, ik weet het zeker. Alleen, niemand weet het, behalve ik.'

'En jij weet het wel.'

'Ja ik wel.'

'En waarom jij wel en niemand anders?'
'Dat weet ik niet,' zei Ivo en roeide naar de kust.
Ik had helemaal niet in de gaten gehad dat we al bij de kerkruïne waren aangekomen. Ivo legde de boot aan een rots vast en we stapten aan wal. Nina ging direct naar de kerk. Toen Ivo en ik aankwamen liep Nina langs de muurschilderingen en raakte ze voorzichtig aan.
'Ik heb nog nooit zoiets moois gezien,' fluisterde Nina.
Ik heb geen idee wat ze eraan vond. Die muurschilderingen kon je al haast niet meer zien. Wind en regen hadden alle kleuren eruit gespoeld. In een hoek was nog een onbeschadigd stukje. Dat had ik gisteren niet gezien. Nina ging er voor zitten en keek er naar, zonder een woord te zeggen. Er viel niet zo veel te zien: een koets, twee mensen erin, een wit kasteel en overal blauw.
'Shh...,' zei Ivo tegen mij, met zijn vinger voor zijn lippen. We liepen de kerk uit en gingen op de rots zitten.
'Hoe weet je dat er water op Kalina is?'
'Kijk,' Ivo opende zijn rugzak en pakte een boek dat zo oud was dat het bijna uit elkaar viel.
'Geschiedenis van de Rozenkrans Archipel...,' las ik hardop.
'Ja. Kalina is maar één eiland van de archipel die ze de Rozenkrans noemen. Er zijn in totaal zo'n tweehonderd eilanden. Eigenlijk weet niemand precies hoeveel er hier liggen. Sommige zijn zo klein dat ze met hoog water verdwijnen. Kijk hier,' Ivo bladerde door het boek. 'Hier. Dit is een tekening van Kalina. Dit is het enige boek dat ik heb van mijn opa. Kijk, ziet Kalina er op deze tekening uit als een verlaten eiland?!'
Ik keek. Nee, op het plaatje zag het eiland er niet verlaten uit, maar het leek ook niet echt op Kalina. Dat eiland was vol mensen en kinderen die allemaal met iets bezig waren. Overal waren bomen en bloemen. Zelfs de zee was niet hetzelfde, overal zag je kleine en grote boten. Ik bladerde wat door het boek. Een paar bladzijden verder vond ik een tekening van een enge draak die uit de zee opdook.

‘Wat is dit?’
‘Oh, niks. Dat is een zeemonster. Vroeger geloofden de mensen daar nog in. Ze zetten zulke plaatjes in boeken om ze wat aantrekkelijker te maken.’
‘Hoe weet je dan dat de tekening van Kalina ook niet een verzinsel is om het boek wat mooier te maken?’
‘Dat weet ik, klaar uit! Weet je wat oude mensen aan de kust op het vasteland zeggen als iemand water aan het verkwisten is? Ze zeggen dan: “ben je op Kalina geboren?” En hoe komen ze daarbij? Omdat er natuurlijk ooit water genoeg was op Kalina! En op Solt, een eiland niet ver hier vandaan, was nooit water en daarom zeggen ze tegen mensen waaraan ze een hekel hebben: “moge God je op Solt zetten”.’
‘Heb je Anne en Karmela er al eens naar gevraagd? Samen zijn ze bijna tweehonderd jaar oud.’
‘Ja. Maar Karmela zegt al jaren niets meer. Anne zegt alleen maar “vraag maar aan je vader”. Ze zijn alle twee niet meer helemaal ehh… Je weet wel. Ik heb het haar verteld: “Anna, mijn vader is dood.” Maar toen zei ze: “vraag het dan aan je opa.” Toen ik zei dat mijn opa ook dood was zei ze: “kind je zegt vreselijke dingen,” en begon kruisjes te slaan. Daarna kreeg ik geen woord meer uit haar. Probeer maar, dan kom je er zelf wel achter. Weet je waarom ze zegt dat ik het mijn papa en opa moet vragen? Omdat de waterbron altijd een geheim was. En niemand van Kalina zou dit geheim doorvertellen. Wat gaven ze om de oorlogen op het vaste land, ze hadden hun eigen water! En weet je wat? Misschien weten Anne en Karmela echt niet waar de waterbron is. Alleen de beheerders van de bron weten waar hij is. En dat was het grootste geheim dat iemand kon hebben. Dora, wat is mijn familienaam?’
‘Vojvoda, en..?’
‘Hoezo: en? Weet je wat Vojvoda betekent! Het betekent hertog. Terwijl er nooit iemand in mijn familie is geweest die hertog was. Ze waren allemaal vissers. Alleen mijn papa heeft gestu-

deerd. Wist je dat hij ingenieur was?'
'Nee.'
'Hij heeft de witte brug gemaakt die het Groot- en Klein-eiland met elkaar verbindt. Je moet hem gezien hebben toen je naar Kalina kwam.'
'De hele brug!?'
'Nee, hij heeft hem niet zelf gemaakt. Hij heeft hem ontworpen en de berekeningen gemaakt. Alleen heeft hij de brug nooit af gezien. Hij werd pas gebouwd na het ongeluk.'
'Dat wist ik niet.'
'Gek, dat je moeder dat niet heeft verteld toen jullie er langs voeren.'
'Mama heeft de hele tijd zitten slapen en ik zat de hele reis in de cabine.'
'Maakt niet uit. Vojvoda. Snap je! Voj-Voda. Je weet wat Voda betekent. Water! Voj-Voda, hertog van het water! De Vojvoda's waren de beheerders van de waterbron. Mijn over-overgrootvader vertelde het aan mijn opa en opa aan papa. Als papa niet was verongelukt had hij het vast en zeker ook aan mij verteld.'
'Aha...,' zei ik, en dacht na want het was nogal een gecompliceerd verhaal. 'Weet Ninka het?'
'Nee. Ze heeft geen flauw idee. Ze denkt dat ik maar een beetje over het eiland zwerf zonder doel.'
'Maar waarom vraag je het haar niet? Misschien heeft je vader het haar wel verteld.'
'Dat denk ik niet. Ze was maar een paar keer op Kalina voor papa overleed en volgens mij vond ze het eiland helemaal niets. Het is een geheim snap je! Een geheim dat je alleen aan je kind vertelt.'
'Ja, dan zal hij het haar wel niet hebben verteld. Als hij het haar verteld had dan zou Ninka niet zo zuinig zijn op water. En dan zouden wij niet dat bjak water hoeven drinken uit het reservoir. Het lijkt me moeilijk om met zo'n geheim te leven. Ik heb alleen maar kleine geheimen en uiteindelijk vertel ik ze toch altijd.

Sommige aan Nina, sommige aan papa en sommige aan mama.'
'Kijk,' Ivo vouwde zijn kaart open. 'Dit heb ik allemaal al onderzocht. Al die rotsen en kloven op het eiland. Maar niks. Alleen de grotten heb ik nog niet onderzocht. Dat zijn er nogal wat. Misschien dat de bron daar is. Weet je dat zoetwater lichter is dan zoutwater? Soms drijft het op het zeewater. Misschien is er wel een ondergrondse rivier die uitmondt in een van de grotten.'
'Hé, zullen we gaan spetteren in de zee,' Nina was eindelijk de kerk uit gekomen.
'Ik ga een beetje zonnen,' zei ik.
Nina en Ivo sprongen het water in en gingen duiken. Ik kon ze horen gillen in de grot. Ze bleven daar een hele tijd. Zodoende kon ik nadenken over wat Ivo had gezegd. Wat jammer dat papa er niet was. Hij had wel geweten hoe je water vindt.
Nina en Ivo kwamen weer terug en gingen naast me zitten.
'Dora, je moet echt een keer die grot in. Het is echt het mooiste wat ik ooit heb gezien.'
'Nina, jij ziet de hele tijd "het mooiste" dat je ooit hebt gezien. Een uurtje geleden was het dat geschilder in de kerk nu weer een grot. Ik duik die grot niet in, dus houd er maar over op.'
'Nêh nêh, Dora is bang!'
'En wat dan nog. Iedereen is wel ergens bang voor. Jij bent bang voor spinnen.'
'Spinnen zijn afschuwelijk en dit is prachtig.'
'Kijk,' zei Ivo en stond op. 'Vanaf het moment dat je begint met duiken tot het moment dat je in de grot bent is niet verder dan twee meter,' Ivo deed twee grote stappen van ons vandaan. 'Kijk, niet meer dan dit. Zo kort kun je je adem toch wel inhouden? De ingang is zo breed dat je er gewoon in kan zwemmen.'
'En is het er donker?'
'Een beetje. Maar zodra je in de grot bent, is er van alle kanten licht. Het licht van de zon reflecteert in de grot.'
'En wat is er op de bodem?'

‘Niets. Prachtig witte steen zonder scherpe punten of zo. En soms vind je er prachtige schelpen. Weet je nog? Alsjeblieft Dora. Houd je adem in van daar tot hier waar ik sta. Het is zo simpel als wat.’
‘Kom op Dora, waarom ben je altijd zo bang?’
‘Ik ben bang om te springen.’
‘Om te springen! En gisteren dan?’
‘Dat telt niet,’ zei ik. Maar ik deed toch mijn gympjes en T-shirt uit.
‘Luister,’ zei Nina, ‘eerst springen wij het water in en dan spring jij achter ons aan. Oké?’
Nina en Ivo sprongen in het water en riepen: ‘kom op Dora!’
Ik weet niet hoe ik het durfde. Ik deed mijn ogen dicht, kneep met mijn vingers mijn neus dicht en hopla, ik sprong het water in. Het viel eigenlijk best mee. Het was minder eng dan ik had gedacht.
‘Duik even onder, zodat je de ingang van de grot ziet,’ zei Nina tegen mij. ‘Het is hier een beetje naar links.’
Nina dook en ik volgde haar. Eerst durfde ik mijn ogen niet open te doen. Toen ik mijn ogen open deed zag ik iets zwarts. Ik kwam zo snel ik kon naar boven. Ik hoorde mijn hart bonzen.
‘Vang,’ riep Ivo en gooide de duikbril uit de boot naar mij toe, ‘zet hem op dan kun je zien wat je doet.’ Ik zette de duikbril op en dook nog een keer achter Nina aan. Nina kwam bij de rots en wees de ingang van de grot aan terwijl ze gekke bekken naar mij trok onder water. Deze keer kwam ik lachend boven.
‘We duiken met z’n drieën. Ivo en ik gaan de grot in en zwemmen er dan weer uit. Jij moet alleen maar kijken.’
Dat deden we. Eerst verdween Ivo in het zwarte gaat en toen Nina. Ze waren zo weer terug.
‘Weet je wat,’ zei Nina toen we weer alledrie boven water waren, ‘als wij duiken moet je mijn voeten maar vasthouden dan zwemmen we samen de grot binnen.’
En zo doken we nog een keer onder water. Ik pakte Nina’s voeten vast, zo stevig ik kon terwijl ik dacht dat ik dood zou gaan

van angst. Maar dat gebeurde niet. Ivo trok me onder mijn armen uit het water. We waren in het midden van de grot! Het was er inderdaad ongelooflijk prachtig van binnen. We doken de grot in en uit. Iedere keer werd ik een beetje minder bang. Toen we eindelijk weer uit het water klommen voelde het of ik helemaal was veranderd. Dat was een goed gevoel. Het beste van alle gevoelens die ik ken.

We lagen op een rots en Ivo vertelde Nina het verhaal van het geheim van de waterbron. Nina bladerde door Ivo's boek. Ik wist zeker dat ze helemaal niet naar Ivo's verhaal luisterde maar alleen oog had voor de tekeningen in het boek.
'Ben je ooit in het gemeentearchief geweest? Iedere grote stad heeft een archief waarin alles van wat er is gebeurd in het gebied wordt bewaard.' Vroeg Nina zonder uit het boek op te kijken.
'Archief? Nee. Maar ik weet waar het is. Daar waar jullie de boot naar Kalina hebben genomen, aan de overkant van het haventerrein.'
'Aha. Dat is dan een goede reden om een uitstapje te maken naar de beschaafde wereld,' antwoordde Nina.
'Ninka en mama hebben daar vast geen zin in,' zei ik.
'Des te beter, we hebben Ninka en mama ook helemaal niet nodig. Waar kunnen we een boot krijgen naar het vaste land?' vroeg Nina aan Ivo.
'Op Groot-eiland. Elke ochtend om zeven uur vertrekt hij en 's avonds om zeven uur komt hij weer terug.'
'Hoe ver is Groot-eiland van hier?'
'Met mijn boot? Drie uur ongeveer. Maar met Ninka's motorboot een dik half uur.'
'Mooi. Dan moeten Ninka en mama ons morgen naar Groot-eiland brengen en ons 's avonds weer ophalen.'
'Denk je dat ze dat doen?' vroeg ik.
'Waarom niet?'
'Denk je dat mama ons alleen laat gaan?'
'We zijn niet alleen. Ivo is toch bij ons. We zeggen dat we... euh... euh... dat we alles willen leren van euh... Ivo hoe heet deze archipel ook alweer...?'
'Rozenkrans.'
'We vertellen mama dat we informatie gaan zoeken voor een werkstuk op school over onze vakantie op de Rozenkrans Archipel.'
'En wat als ze met ons mee willen?' vroeg ik nog.
'Ach, dan gaan ze toch mee. Maar ik twijfel eraan, waarom zou-

den ze mee willen naar het archief?'
'Dan moeten we nu gaan,' zei Ivo. Hij keek naar de zon, 'het is geen slecht idee om vandaag op tijd voor het eten te zijn.'
We kleedden ons snel aan, klommen aan boord en Ivo roeide de hele weg terug.

Mama en Ninka zaten op de veranda en overal om hen heen lagen netten.
'Dit, wat zo netjes strak is gedaan, is mijn werk. Dat losse zooitje daar, is natuurlijk van jullie moeder,' zei Ninka en ze barstten alle twee in lachen uit.
'En wat hebben jullie zoal gedaan vandaag?' vroeg mama.
'Niets,' zeiden we tegelijk.
'Mama, zal ik de vis schoonmaken?' Ivo vertrok naar de keuken zonder op het antwoord te wachten.
'Ik haal wel een krop sla uit de tuin en maak de salade,' zei Nina.
'Zal ik dan alvast de tafel gaan dekken? En na het eten doen wij, gezellig met z'n drieën de afwas,' deed ik mijn duit in het zakje.
Mama en Ninka keken ons verbaasd aan. Ze konden hun oren en ogen niet geloven. In de keuken fluisterde ik: 'wie vraagt het?'
'Wat fluisteren jullie daar?' vroeg Ninka die in de deuropening stond.
'Mama, mag ik morgen Nina en Dora naar het archief in de stad brengen? Ze hebben informatie nodig over de Rozenkrans. Die hebben ze nodig voor school. Een werkstuk.'
'Ongelooflijk! We hebben het er vanmiddag nog over gehad dat we naar Groot-eiland wilden gaan. Jullie moeder mist iemand en zou graag even willen bellen met die iemand.'
'Mooi, dat is dan geregeld. We gaan met z'n allen naar Groot - eiland. Jullie gaan lekker zonder ons je gang, en 's avonds gaan we samen weer terug naar huis,' concludeerde Ivo.
'Best, maar onder een voorwaarde. Wie is Asimagor?'
'Asimagor?' Ivo begon te lachen, 'Asimagor is niet iemand. Als

je op de computer werkt en als er iets fout gaat met een programma krijg je een foutmelding waarin staat: "ASMGR heeft een fout ontdekt. Het programma wordt beëindigd." Zo ontstond Asimagor. ASMGR, Asimagor, snap je? Als iets fout gaat, als je met alles opnieuw moet beginnen, als je weg wilt ...'

'Weet je Ivo hoeveel ik van je houd?' zei Ninka. Ze nam de bezem in haar ene hand en de pollepel in de andere en spreidde haar armen zo ver als ze kon uit elkaar. 'Zoveel en een beetje meer.'

Ze zag er zo grappig uit dat we alledrie moesten lachen.

'Tante Ninka,' zei ik, 'kunt u alsjeblieft mama overhalen. Het is erg belangrijk.'

'Als het echt zo belangrijk is wil ik het wel proberen.' Ninka ging de veranda op naar mama toe.

We probeerden te horen wat ze tegen mama zei maar de krekels maakten, zoals altijd, zo veel lawaai dat we het niet konden verstaan. Toen Ninka terug de keuken in kwam deden we snel alsof we druk bezig waren.

'Het is voor elkaar,' zei Ninka en knipoogde.

Hoofdstuk zeven, het archief in de stad

Toen de "Blauwe Snor" de haven binnen liep was ik zo verbaasd, dat de stad die er eerder uitgezien had als een dorp, nu leek op een echte stad.
'IJsjes!' zei Nina. Dat vonden we alle drie een goed plan.
'En precies op tijd hier zijn! Zestienhonderd uur exact. Ik wacht zelfs voor Sint Nicolaas niet,' zei Barba Jure.
'Sinterklaas?' Vroeg ik hardop en keek naar Nina.
'De beschermheilige van de reizigers,' antwoordde Ivo.
Nog voor Barba Jure de loopplank had uitgelegd, sprong Ivo de boot uit, de steiger op. Nina sprong achter hem aan maar ik wachtte netjes tot Barba Jure zei dat ik "aan wal" kon gaan.
Deze keer was de boottocht helemaal niet vervelend geweest. Toen de "Blauwe Snor" Groot-eiland had verlaten was Nina meteen bij Barba Jure in de stuurhut gaan zitten. Ik wilde naar de kajuit gaan maar Ivo zei: 'In de hut wordt iedereen zeeziek. Kom met mij mee ik weet de beste plek op de Snor.'
De beste plek was boven op het dak. We zaten op een witte plank en ik hield me stevig vast aan de kleine metalen reling. Later voelde ik me meer op mijn gemak en liet ik de reling los als de boot niet slingerde. Ik zag de brug van Michailo. Ivo wees ernaar en zei: 'Nu hoeven de kinderen van Klein-eiland niet meer met de roeiboot naar school.' Barba Jure gilde af en toe tegen de wind in en vroeg hoe het met ons was. 'Alles onder controle,' riep Ivo dan terug. De meeste tijd waren we stil en keken naar de zee.

Zoals Nina had voorgesteld besloten we om eerst een ijsje te kopen. Ik nam een ijsje met vier bolletjes maar die waren zo groot dat ik mijn best moest doen om het op te krijgen. We bespraken wat we in het archief zouden doen en besloten dat

Nina het woord namens ons zou doen. Ze is tenslotte de oudste.
Het archief was een prachtig geel gebouw, helemaal begroeid met klimop. We stonden een tijdje stil voor de enorme houten deur en gingen uiteindelijk toch naar binnen.
Binnen was het erg koel en helemaal stil. We liepen over de marmeren trap naar boven. Daar kwamen we in een lange hal. We hadden geen idee waar we moesten zijn. Op welke deur moesten we kloppen? Gelukkig kwam er een oude man uit een kamer en vroeg naar wie we op zoek waren. Nina vertelde hem dat we twee meisjes uit Nederland waren, op vakantie bij onze familie hier en dat we graag alles wilden weten over Kalina.
'Alles over Kalina?' hij keek ons een beetje wantrouwend aan. 'Hebben jullie een afspraak? Toestemming voor de archieven? Welke organisatie stuurt jullie?'
Hij wist Ivo en mij compleet van slag te brengen maar gelukkig Nina niet.
'Een momentje alstublieft,' Nina deed haar rugzak open en haalde haar schoolpasje uit haar portemonnee. 'Alstublieft, Bernard Lievegoedschool Maastricht!'
'Oh. Ollanda,' zei de oude man, 'wie had dat gedacht. Je spreekt onze taal zo goed.'
'Mijn moeder is van hier,' vertelde Nina.
'Als je van zo ver bent gekomen dan kunnen we wel een uitzondering maken.' Hij nam Nina's pasje en vroeg ons hem te volgen.
Hij bracht ons naar een ongelooflijk grote kamer. Alle muren waren bedekt met boekenkasten en die stonden allemaal vol met boeken en mappen. In het midden van de kamer stond een tafel waar je wel met z'n twintigen aan kon zitten. De oude man zei dat we even moesten wachten en verdween. Zodra de deur dichtviel begonnen we te lachen. Het was er zo stil dat ons gelach erg nagalmde. We probeerden het in te houden maar daardoor kregen we juist de slappe lach.
Er kwam een oude dame de kamer binnen met een dienblad. Ze

zette het op tafel. Er stonden drie glazen met limonade op en… drie mokken met ijs!
'Alstublieft,' zei de dame.
Bij het zien van het ijs kreeg ik een wee gevoel in mijn maag. Wat moest ik doen? Ik nam het lepeltje en begon met muizenhapjes van het ijs te eten. De deuren stonden nu wijdopen. De hele tijd kwamen er mensen die hun hoofd om de hoek staken: 'Ah. Dat zijn de dames uit Ollanda.' Dan verdwenen ze weer. Ieder hoofd was vreselijk oud, misschien wel ouder dan Karmela.
'Hier ben ik weer,' zei de oude man die ons binnen had gelaten en duwde een karretje vol met boeken de kamer in.
'IJsjes en boeken gaan niet samen!'
'Dat is waar,' zei ik snel. Ik zette alle mokken en glazen op het dienblad en zette het in een hoek. Ook Nina en Ivo leken opgelucht. De man begon de boeken en mappen op de tafel voor ons neer te leggen.

‘Hier is min of meer alles wat we in het archief hebben over Kalina. Wat willen jullie precies weten?’
‘Kent u Karmela?’ zei ik. Ik moest meteen blozen want het was een domme vraag.
‘Karmela? Welke Karmela?’
‘Karmela van Kalina.’
‘Karmela van Kalina?’ zei hij verbaasd. ‘Op Kalina, lieverd, woont sinds, sinds…,’ en hij begon te bladeren in een groot boek, ‘… sinds 1971 niemand meer! De laatste bewoner van Kalina was… was,’ en hij bladerde weer in het boek. ‘… was, Ivo Vojvoda die in dat zelfde jaar 1971 overleed.’
‘Dat was mijn opa,’ zei Ivo.
‘Jij bent van Kalina? Ivo’s kleinzoon! Weet je dat ik jouw opa en papa heb gekend? Hoe is het met je vader, waar wonen jullie nu?’
‘Mijn papa is zes jaar geleden overleden bij een ongeluk en we wonen nog altijd in Zagreb.’
‘Overleden… Da’s waar ook, het stond in de krant. Nu herinner ik het me weer. Maar zijn brug staat er nog altijd. Dat is tenminste iets! De mens is weg maar zijn werk blijft voor altijd staan.’
‘Karmela woont wel degelijk op Kalina. Met haar zuster Anne. Ze bakken iedere dag brood voor ons,’ zei ik weer. ‘Ze hebben een ezel en een blinde hond. Maar geen geiten meer…’
‘Er zijn al drie decennia geen geiten meer op Kalina. Toen er nog geiten waren kwam er goede kaas van Kalina. Maar nu is er niets meer. Alleen maar steen. Is er nog wat over van je opa’s huis?’ vroeg de archivaris nu aan Ivo.
‘Ja. Het huis, de olijfboomgaard, de vijgenboom zelfs de tuin is er nog. Mama en ik gaan iedere vakantie naar Kalina. Karmela en Anne zijn de laatste twee inwoners van het dorp.’
‘Absoluut onmogelijk. Kijk zelf maar in het bevolkingsregister van Kalina: Kalina … aantal bewoners … nul,’ hij wees met zijn vinger naar de plek op de pagina waar het zwart op wit stond.
‘Is er water op Kalina?’ vroeg Nina.
‘Voor zover ik weet niet,’ hij pakte een ander boek, bijna even

dik, en begon erin te bladeren.
Hij krabbelde achter zijn oor en je kon zien dat hij iets niet begreep.
'Volgens het bronwater-register was er in 1939 een bron op Kalina. Maar vreemd genoeg komt die in het register van 1959 en 1971 niet meer voor. Waar is die bron naar toe? Misschien opgedroogd. Dus, het antwoord is nee. De meest recente gegevens tellen!'
'Dus in 1939 was er een bron op Kalina!' zei Ivo opgewonden, 'kunnen we op een kaart zien waar die was?'
'Helaas niet jongen. De Italianen hebben het kaartenarchief in de Tweede Oorlog meegenomen. Al die data zijn verloren gegaan, voor altijd,' zei de oude archivaris en het leek even alsof hij daar elk moment nog om kon huilen. 'Maar de registers zijn er gelukkig nog!' vervolgde hij opgewekt.
'En wie maakt die registers?' vroeg Ivo.
'Wie denk je? De ingenieurs uit Zadar komen met hun kaarten en registreren dan de waterbronnen. Geen fout mogelijk! Kijk, alle drie de handtekeningen staan op de juiste plaats. Dat betekent dat de gegevens goed zijn opgeschreven dus dat betekent: Geen water op Kalina in 1971! Water op Kalina, waarom zou je ernaar zoeken? Er woont toch niemand meer.'
'Maar er zijn mensen, Karmela en Anne ...,' probeerde ik weer.
'Dora als je het nog een keer over Karmela hebt dan...,' fluisterde Nina en schopte onder tafel tegen mijn been.
'En hoe weten de ingenieurs waar ze naar water moeten zoeken?' vroeg Ivo.
'Wel, ze hebben de kaarten. Om de zoveel jaar gaat er een team van ingenieurs meten op de eilanden. Ze zetten de resultaten op een kaart. Op iedere kaart staan de waterleidingen, rivieren, bronnen, en waar de bronnen zijn uitgedroogd. Wel is het zo dat sommige waterbronnen in de hele droge seizoenen zijn uitgedroogd. Die worden dan met een speciaal symbooltje erachter weergegeven.'

‘En als ze de bron niet kennen, als hij niet op de kaart staat?’
‘Als hij niet op de kaart staat, bestaat hij niet! Voor ons bestaan de dingen alleen als ze op de kaart of in registers voorkomen. Daarnaast kennen onze ingenieurs hun werk wel. Hier zijn de boeken, blader er maar een beetje door. Dit zijn voornamelijk boeken over de geschiedenis. In sommige staat Kalina af en toe vermeld. Ik zal uitleggen hoe het werkt. Achter in ieder boek staat een index. De index is een lijst waar alle onderwerpen netjes in alfabetische volgorde staan vermeld die in het boek voorkomen. Achter ieder woord kun je de bladzijde vinden waar je het woord tegenkomt in de tekst. Eens kijken... Kalina... Kalina... Ha, pagina zeven en vierentachtig. Nu sla je pagina zeven open en kijk je wat daar over Kalina staat geschreven. Ik wens jullie een vruchtbare dag. Ik ga verder met mijn werk. Aan het werk van een archivaris komt nooit een einde...,’ zei hij. De oude dame kwam weer terug de kamer binnen.
‘Kinders, willen jullie wat verse vijgen?’
‘Nee, bedankt,’ zeiden we tegelijk.
We begonnen de boeken door te werken. Ivo had zijn schrift op tafel gelegd en als we iets vonden dat belangrijk was, schreven we het erin. Zo leerden we dat er een grote brand was in 1917 en een tweede in 1939. Dat de vuurtoren in 1978 was aangesloten op elektriciteit. Voor die tijd werkte de vuurtoren op gas. Iedere avond moest de vuurtorenwachter van Groot-eiland komen om het gaslicht aan te steken. Dat er op Kalina ooit drie dorpen waren geweest en dat er van 1907 tot 1913 een school was. Dat was de school waar Karmela naar toe is gegaan, dacht ik.
In een ander boek vonden we dat er drie beroemde kapiteins van de Grote Vaart van Kalina kwamen en in weer een ander boek werd gesproken over een paar piraten die op Kalina waren geboren. We leerden dat tot aan de Tweede Wereldoorlog er zeven olijfboomgaarden waren en dat Kalina driehonderd liter olijfolie per jaar produceerde. Toen ik zei dat dat ook maar een klein beetje was voor zoveel olijfboomgaarden, vertelde Ivo dat je van

een volle zak van vijftig kilo maar één liter olijfolie krijgt! Vijftienduizend zakken olijven, rekende Nina snel.
Er waren vroeger ook een heleboel geiten op Kalina en de geitenkaas die er werd gemaakt was schijnbaar zo lekker dat ze hem zelfs in Italië verkochten. Dat de vrouwen van Kalina het beroemde Kalina-kant maakten dat gekocht werd door de rijke mensen uit Dubrovnik en Wenen. En dat de laatste werkplaats voor Kalina-kant aan het begin van de Tweede Wereldoorlog was gesloten.
Ik herinnerde me dat de zwarte jurken van Anne en Karmela waren afgewerkt met prachtig wit kantwerk. Zouden ze dat zelf hebben gemaakt?
En zo leerden we een hele hoop over Kalina maar in geen enkel boek vonden we iets over water. In een boek met vreemde letters vond Nina een klein plaatje waaronder volgens Nina, "Kalina" stond gedrukt.
'Wat is dat voor een taal?' vroeg ik.
'Duits,' antwoordde Nina.
'Duits?' zei ik en keek haar vragend aan.
Ik had al een beetje Duits geleerd op school en herkende niets van wat er geschreven stond.
'Ja, maar geschreven in het gotische schrift. Niemand gebruikt dat meer. Ik heb de letters geleerd van Lucas en ik weet zeker dat hier Kalina staat geschreven.'
'Een erg interessant plaatje!' zei Ivo peinzend en haalde een vergrootglas uit zijn rugzak.
'Het is geen plaatje maar een gravure,' zei Nina.'Dat betekent dat de tekening eerst op een koperen plaat werd gegraveerd en daarna werd geperst op het papier...'
'Alsof dat belangrijk is. Wat belangrijker is, is dat op dit plaa.. eh gravure, een sinaasappelboom staat. Kijk! Sinaasappelbomen groeien alleen als er genoeg water is! Weet je hoe ze in het gotisch water schrijven?' vroeg Ivo aan Nina.
Nina tekende in Ivo's schrift "Wasser". In de index stond er niets

onder “wasser” en ook niets onder “Kalina”. We bladerden het hele boek door maar vonden geen “Wasser”. Dat was een tegenvaller.
Er waren zoveel boeken dat we ze verdeeld hadden in drie stapeltjes. Ieder had zijn eigen stapel. Hier en daar vonden we iets interessants en dat lazen we dan hardop voor.
‘Luister hier eens naar,’ zei ik en begon te lezen. ‘Op Kalina komen de volgende dieren voor: marters, wilde katten, muizen, eekhoorns, egels, kikkers, schildpadden, krekels, sprinkhanen en de niet giftige slangen “Blavor” en “Belouska”.’ Ik legde de nadruk op “niet giftig”.
‘Niet giftig!?’ zei Nina en pakte een van de boeken die voor haar lagen, waar ze een papiertje in had gestopt en begon te lezen: ‘In 1878 was de giftige slang “Poskok” een ware plaag voor de eilandbewoners van Kalina. De slangenpopulatie was zo groot geworden dat ze het wonen haast onmogelijk hadden gemaakt. Dankzij een donatie van Baron von Schillinger uit Oostenrijk, werd door het Boswachters Instituut een aantal mongossen uit India gekocht en op Kalina los gelaten…’
‘Mongos..?’ vroeg ik verbaasd.
‘De mongos is een diertje dat veel lijkt op een meerkat. De soort die in India voorkomt staat erom bekend dat ze slangen doodt. Stil nu, Dora,’ zei Nina en las verder. ‘De Mongoolsen plantten zich snel voort en hadden binnen een paar jaar de slangenpopulatie vernietigd. De Mongossen pasten zich goed aan de omstandigheden op Kalina aan en leefden van de jacht op muizen, hagedissen en soms vis, en van de voedselresten rond de huizen. De grootste vijand van de Mongos is de winterse kou en sneeuw.’
‘Zijn er nog steeds Mongossen op Kalina?’ vroeg ik aan Ivo.
‘Ik weet het niet. Ik heb er nooit een gezien, ik betwijfel het.’
‘Luister,’ zei Nina en ging door met lezen. ‘…tijdens de extreem koude winterperiode van 1900 stierf de Mongos uit op het eiland.’
‘Aha… Het jaar dat de kerk van de Heilige Moeder van de

Sneeuw werd gebouwd. Weet je nog Dora,' zei Ivo.
'Dan hadden ze het beter de kerk van Zielige Mongos kunnen noemen ...,' grapte Nina.
'Stil...,' zei ik. 'In dit boek uit 1938 staat dat de zeediepte aan de zuidzijde, in de richting van Italië, meer dan honderd meter is. Dat wil zeggen dat vanaf het hoogste punt op het Geitenpad het stijl naar beneden, tot honderd meter onder het water, doorloopt. Langs die kust was een kolonie van honderden zeehonden. Honderden! En allemaal zijn ze verdwenen!'
'Bronnen van Drinkwater,' riep Ivo en hield een boek omhoog.
Nina en ik kwamen om hem heen staan.
'De Index. Eerst kijken in de index,' zei Nina opgewonden.
'Geen index. Stom.'
'Kijk in de indeling, voor in het boek.'
'Bronnen in: Omani, Kapella, Fontana... Geen woord over Kalina. Bronnen in periode van laagwater:..., weer niets over Kalina, Bronnen die nooit uitdrogen:... niets.'
We bladerden door het hele boek en vonden één keer Kalina. Het boek zei dat de bewoners van het eiland de grotten gebruikten om het visgerij erin op te bergen. Maar wat dat te maken had met "bronnen van drinkwater", snapten we alle drie niet.

We waren bekaf. We zaten omringd door de boeken die we hadden doorgewerkt. De oude archivaris verscheen in de deuropening.
'Beste kinderen, het is twaalf uur. We gaan nu dicht tot vier uur. Jullie kunnen de boeken laten liggen en dan terugkomen.'
'Dank u meneer, maar we hebben alle boeken al doorgewerkt, om vier uur gaat onze boot terug naar het eiland. We zijn trouwens toch klaar. Bedankt.'
We wilden naar buiten om na te denken over wat we hadden gelezen. De archivaris trok zijn zwarte mouwsloffen uit maar liet ons niet gaan, we moesten zeker nog tien minuten de hele geschiedenis van de stad en het archief aanhoren. Toen we

afscheid namen en naar buiten wilden lopen, riep hij ons boven aan de marmeren trap nog na: 'Bedenk goed, het belangrijkste in de wereld is dat de archiefboeken goed worden bijgehouden en onthoud, alleen dat wat in het archief staat bestaat!'
Eindelijk slaagden we erin het archief te verlaten. De zon verraste ons en we bleven even genieten van de warmte voor het archiefgebouw. We staken de straat over en gingen onder een van de palmen zitten aan de zeeboulevard.
'Wat zijn die palmen groot en mooi. Jammer dat ze niet echt zijn,' zei ik en Nina en Ivo keken me aan alsof ik van Mars kwam.
'Hoe bedoel je Dora? Dit zijn echte palmen!' zei Nina.
'Echte palmen? En wie heeft dan al dat harige spul er omheen gedaan?' vroeg ik. Nina en Ivo rolden om van het lachen. Hoe kon ik nou weten dat palmen tien meter hoog konden worden en dat in plaats van een schors ze hier harig zijn? Onze drie palmpjes thuis zien er heel anders uit!
'En wat nu?' zei Ivo en werd weer serieus.
We dachten alle drie na en keken stil naar de schepen die de haven binnen voeren en naar de kinderen die op de kade in het water sprongen. Wat stelt dat nou voor, dacht ik, ik zou ze wel eens van de rots voor de kerk af willen zien springen. Jammer dat papa er niet is, die zou wel weten waar je verder kan zoeken als er niets meer in de boeken staat.
'Nina, stom van ons!' riep ik. 'Papa!'
'Wat met papa? Die is honderd miljoen kilometer ver weg!'
'En telefoon dan? We kunnen bellen!'
'Heb jij het telefoonnummer dan?' vroeg Nina.
'Tuurlijk, ik weet het uit mijn hoofd. Hoe laat is het nu in Trinidad?'
'Even denken. Vier uur eerder dan in Nederland en hier is het hetzelfde dus... rond negenen. Geld! Hoeveel geld hebben we? Stom dat we zoveel uitgegeven hebben aan ijsjes en limonade.'
We keerden onze zakken binnenste buiten en keken in alle vak-

ken van onze rugzakken en telden… Vijftig kuna, ongeveer zes euro.'
'Hoeveel zou het kosten om naar Trinidad te bellen?'
'Het zal wel duur zijn want het moet per satelliet, papa zit op een olieplatform,' zei Nina.
'Goed, laten we naar het postkantoor gaan, dan kunnen we het vragen,' stelde Ivo voor.
We pakten onze spullen en volgden Ivo naar het postkantoor. Toen we aankwamen deed een vrouw net de deur op slot. Het postkantoor was dicht, tot twee uur. We gingen terug naar onze palm en zagen nog net hoe twee honden de laatste happen namen van onze sandwiches, die ik vergeten had in te pakken.
De tijd gaat erg langzaam als je ergens op zit te wachten. We kregen steeds meer dorst maar wilden geen geld meer uitgeven. Toen herinnerde Ivo zich dat er op de markt een waterpomp stond. We gingen naar de markt en dronken het frisse water. Naast de pomp gingen we zitten en we moeten er niet erg gelukkig hebben uitgezien, want een vrouw die op de markt een groentestal had gaf ons een tros druiven. Dat was aardig.
We wandelden een beetje door de stad en deden net of we de heerlijke geur uit de bakkerijen niet merkten. Er waren overal bakkerijen. Uiteindelijk gingen we toch maar weer terug naar de palm. Om kwart voor twee stonden we voor het postkantoor. De kerk luidde twee keer maar de vrouw, die de deur op slot had gedaan, verscheen niet. Om kwart over twee kwam ze eindelijk.
'Hé, kinderen zijn jullie hier al weer?' zei ze en deed de deur open.
We gingen naar binnen. Ivo gaf haar het papiertje waarop we papa's telefoonnummer hadden geschreven en vroeg hoeveel een gesprek zou kosten.
'Ligt eraan hoe lang je wilt praten. Eens kijken. Satelliet. Trinidad… twaalf kuna's per minuut.'
'Twaalf kuna's…,' riepen Nina en ik.
'Dat is nog geen vijf minuten! In die tijd kunnen ze papa mis-

schien niet eens vinden op het platform,' zei ik en begon bijna te huilen.

'En wat is er zo belangrijk aan dit telefoontje?' vroeg de vrouw.

'We willen onze papa bellen. We hebben papa al een hele tijd niet meer gezien,' zei ik en begon te huilen.

'Is je papa een zeeman?'

'Nee,' antwoordde Nina, 'hij werkt op een olieplatform op de Atlantische oceaan. Hij heeft mama en ons al twee maanden niet meer gezien.'

'En hoeveel geld hebben jullie dan?' vroeg de vrouw vriendelijk.

'Vijftig kuna,' zei Ivo en legde het geld op de houten toonbank.

'Ach, ach...,' verzuchtte de vrouw. 'Ik weet hoe het is. Mijn man is ook ergens op zee. En mijn dochtertje mist haar papa ook vreselijk.'

Ze nam het papiertje met het telefoonnummer erop en zei: 'Jullie hebben tien minuten en geen seconde meer.' Ze wees naar de grote klok boven het telefoonhokje. Toen begon ze het nummer te draaien. Ze draaide, draaide en draaide ... en toen we dachten dat er niets meer van terecht zou komen, en de mensen die na ons waren binnengekomen, begonnen te klagen, riep ze plotseling: 'satelliet verbinding! Cabine een!'

We renden om het snelst naar cabine één maar ik wist als eerste de hoorn te pakken.

'Met Dora, mag ik alstublieft spreken met ...'

'Dora! Mijn Doortje. Mijn lieve Dora... Hoe is dat nu mogelijk. Gisteren droomde ik nog van je...'

'Papa aan de telefoon!' gilde ik tegen Nina en Ivo.

'Papa, papa! Dit is Nina!' zei Nina. Ze had de hoorn van mij afgepakt. 'Luister papa we kunnen niet zolang bellen want we hebben niet zoveel geld. Het gaat erg goed met ons drieën en we hebben het vreselijk naar onze zin. Je zult niet geloven hoe lekker bruin ik ben geworden en de zee papa ...'

'Het water Nina!' riep ik.

'Papa, mama mist je en doet de groeten.'

'Ik heb net met haar gesproken. Ze belde van Groot-eiland, nog geen vijf minuten geleden. Daarom was ik nog in de radiohut. Ik weet alles over jullie vakantie. Nina, mijn prinsesje, heb jij het een beetje naar je zin?'
'Papa, weer met Dora!' Ik had de telefoon uit Nina's handen getrokken want zo schoten we niet op. 'Luister we onderzoeken het eiland. We zoeken naar water! Ivo heeft overal al gezocht maar kan het niet vinden. Papa, het is zo belangrijk. Hoe vind je water?'
'Water? Tja...,' de telefoon begon te kraken en ik was bang dat we de verbinding zouden kwijtraken. 'Water... Mama heeft me net verteld dat er genoeg water in de reservoirs zit voor de hele zomer.'
'Papa, luister en denk snel. Hoe vind je een waterbron op een verlaten eiland?' gilde ik zo hard als ik kon want de verbinding werd slechter en slechter.
'Je kunt naar het gemeentearchief gaan en daar de gegevens opvragen.'
'Vergeet het maar, hebben we al gedaan. Daar weten ze niets! Wat nog meer papa?'
'Op het eiland zelf. Je kijkt naar de rotsen en zoekt naar rode plekken. Een beetje zoals roest er uit ziet. Snap je? Dat is ijzeroxidatie en dan is er een kans dat er water onder de grond zit. Of je kijkt naar de vegetatie ... kkggrrrppkkk...kkkpprr...'
'Papa! Hoor je me nog?'
'...kkrakkk...je...kkkkggffrkk... hoe groener hoe groter de kans dat er water is. Je kunt ook de temperatuur van het zeewater meten langs de kust. Als het water kouder is kan het een golfstroompje zijn, maar het kan ook een teken zijn dat er een ondergrondse waterstroom vanuit het eiland loopt. Even denken, wat nog meer? Je kunt ook met de lokale bevolking praten, vooral de oudere mensen weten vaak meer dan je denkt van zulke dingen...'
'En als dat allemaal niets oplevert. Wat doe je dan?'

'Als dat niet werkt dan ga je, zoals ome Bjorn zou zeggen, over op de traditionele manier van water zoeken. Je zoekt een wichelroede en daarmee zoek je het hele eiland systematisch af. Wat voor onderzoek doen jullie eigenlijk? Dora, is alles wel in orde?'
'Papa, ik ben van een rots in de zee gesprongen. Ben in een ondergrondse grot geweest en vond het helemaal niet eng. Waar kan je zo'n wicheldinges kopen?'
'Wichel-roede Dora! Die koop je niet maar kap je uit een boom. Je zoekt een tak die zich splitst in twee andere takken, snap je? Je weet wel een vorkvorm, een V-vorm met een steeltje eraan. Snap je het? Vraag het anders maar aan mama die weet het wel.'
'Papa, ik heb een blok vol met nieuwe tekeningen,' gilde Nina in de hoorn, 'en je had gelijk over de duikbril. Het is prachtig om onder water te kunnen kijken.'
'krkkggkk...krwkkeek...,' Nina en ik hielden de hoorn tussen ons in, '...kkkegrrggr...'
We konden papa nauwelijks meer horen tussen het gekraak door, en we vingen alleen nog maar op dat we elkaar in september al weer zouden zien, dat we mama een kus moesten geven en de groeten moesten doen aan Ivo en Ninka. Toen verdween papa's stem en hoorden we alleen nog maar het tuten van de verbroken verbinding.

Toen we het postkantoortje uitliepen zat het vol mensen die ons allemaal aanstaarden. Het moet erg vreemd zijn geweest om ons tweetjes zo hard in het Nederlands te horen gillen. We bedankten de vriendelijke mevrouw die ons had geholpen. Ze glimlachte en stempelde de stapel enveloppen die voor haar lag.

'Wat zei hij?' vroeg Ivo nieuwsgierig. Hij had natuurlijk niets van ons gesprek verstaan.
'Je moet de groeten hebben van papa,' zei ik.
'Fijn! Maar wat zei hij over het water?'
'Luister...,' zei ik en vertelde Ivo wat papa had gezegd terwijl

we terugliepen. We gingen onder de palm zitten. Ik ging door met vertellen. Nina pakte de strohoed van mijn hoofd, legde die over haar gezicht en viel meteen in slaap.
'Wichelroede. Natuurlijk! Dat had ik eerder moeten bedenken.'
'Ivo, weet je wat ik vreemd vind,' zei ik, 'er zijn alleen maar bomen bij ons huis op het eiland.'
'Weet ik,' antwoordde Ivo, 'maar er is geen water. Dat was het eerste gedeelte van het eiland dat ik nauwkeurig heb onderzocht.'
Ivo vouwde zijn kaart open. 'Ik heb ergens een rots met die roest kleur gezien. Maar waar? Ik weet honderd procent zeker dat ik het gezien heb!'
'Hoe lang blijven wij nog op Kalina?' vroeg ik.
'Pff.. geen idee. Hoelang zijn jullie hier al? Een week, twee weken... Welke dag is het eigenlijk vandaag?'

Hoofdstuk acht, hoge Koorts

De zoektocht naar het water interesseerde Nina niet meer. Wel had ze belangstelling voor de grotten. Iedere morgen na het ontbijt gingen we met z'n drieën, soms met de roeiboot, soms lopend, naar de kerk en kwamen pas laat in de middag, net voor het eten, weer terug. Terwijl Ivo en ik aan het zoeken waren was Nina aan het duiken of aan het zonnebaden op de rotsen. Soms probeerde ze de fresco in haar schetsboek na te schilderen van de kerk.

'Nina, geloof je dat Ivo het water ooit zal vinden?'

'Misschien wel, misschien niet. Het doet er niet toe,' zei Nina en kneep haar linkeroog dicht. Ze concentreerde zich op haar tekening. 'Het enige wat belangrijk is voor Ivo, is het zoeken. Snap je?'

'Jij snapt er helemaal niets van Nina! Je weet alles over de ruimte maar niets van Ivo! Het belangrijkste voor hem is dat iemand weer de beheerder van het water wordt, net zoals zijn papa en opa voor hem waren.'

'Misschien... misschien...,' maar Nina had alleen oog voor de fresco en haar schets.

'Weet je Dora, ik dacht dat het moeilijk was om een ezel te tekenen, maar een paard! Dat grenst aan het onmogelijke...'

Ivo zat op de rots en keek naar de zee. Ik ging naast hem zitten en trok mijn knieën op tot aan mijn kin en hield ze vast met mijn armen eromheen en staarde ook over de zee.

'Weet je,' zei Ivo en verbrak de stilte. 'Ik weet zeker dat ik een rots met roest gezien heb. Alleen kan ik me niet meer herinneren waar.'

'Misschien op een ander eiland? We hebben hier iedere rots bekeken.'

'Nee. Ik weet zeker dat ik hem op Kalina heb gezien.'

‘In je dromen misschien?’
‘In mijn dromen?’
‘Ja. Misschien dat je in je dromen over Kalina wandelde en daar zo’n rots hebt gezien. Toen je weer wakker werd, vergat je de droom en weet je nu alleen nog maar dat je zo’n rots hebt gezien.
‘Als ik soms droom dan…,’ maar Ivo luisterde niet meer.
Hij stond op en sprong van de rots de zee in. Wat is er met hem loos? dacht ik en staarde nog een beetje naar de zee. Er ging wat tijd voorbij maar Ivo kwam niet tevoorschijn.
‘Nina!’ riep ik. ‘Ivo sprong van de rots en is al eeuwen onder water. Ik zie hem nergens.’
‘Hij zal wel in de grot zijn,’ riep Nina vanuit de kerk. Het werd weer stil.
Ik bleef nog een tijdje zitten maar er was niks aan. Ik sprong de zee in en dook de grot in. Ivo zat op een richel in de grot die boven het water uitsteekt met laagwater en zag er vreemd uit.
‘Hé Ivo, waarom verdween je zo opeens?’
‘Nooit! Ik zal het water nooit vinden! Het bestaat gewoon niet!’
‘Hoe bedoel je? Dat er geen bron is? Waarom zeggen de mensen dan: “ben je geboren op Kalina?” En de tekening in het boek van je opa dan? En de sinaasappelbomen dan? Zelfs in dat stomme archief stond dat er ooit water was op Kalina. In 1939 weet je nog!’
‘Dat is allemaal flauwekul. Er is geen water op Kalina. Je hebt gelijk, ik heb de rots vast in mijn dromen gezien.’
‘In je droom, nou en! Als je erover droomt dan betekent dat, dat je hem vast en zeker ook in het echt hebt gezien. We hebben trouwens nog niet alle grotten onderzocht.’
‘Alles komt allemaal door één droom…’
‘Welke droom Ivo?’
‘Droom jij wel eens hetzelfde? Keer op keer dezelfde droom?’
‘Nee. Nooit. Ik droom altijd iets anders.’
‘Mijn droom komt altijd terug. Ik ben in het donker, zoals in een grot. Ik hoor waterdruppels vallen, één voor één. Maar het is er

niet eng. Ik weet in mijn droom dat papa er ook is. Papa zegt iets tegen me, maar ik luister niet echt naar wat hij zegt. Ik kijk naar de rode lijnen langs de steen. En dan word ik wakker. Pas als ik wakker ben vind ik het eng.'

Langzaam werd het donker in de grot en het water kwam steeds hoger. Ik keek naar Ivo. Zijn lippen waren een beetje blauw geworden en hij klappertandde. Ik kreeg het ook steeds kouder.

'Je bent bevroren. Nog even en het wordt hier helemaal donker. Laten we eruit gaan!'

'Nou en. Laat het maar donker worden,' zei Ivo en ik wist dat hij niets meer zou zeggen.

'Ik ben zo terug,' zei ik. Ik zwom de grot uit en rende naar Nina.

'Nina, kom snel! Ivo wil niet meer uit de grot komen! Hij gelooft niet meer dat er water op Kalina is. Hij praat alleen nog maar over een of andere droom. Het wordt donker in de grot.' Ik raakte in paniek en Nina merkte het. Ze sprong zonder iets te zeggen het water in.

Ik volgde haar. We doken de grot weer in.

'Ivo,' zei Nina, 'er is iets belangrijks dat ik je moet vertellen.'

Ivo keek ons zelfs niet aan.

'Luister. Er is water op Kalina! Weet je nog, een paar dagen geleden toen ik de hele dag bij Anne en Karmela heb doorgebracht? Weet je waarom?'

'Je tekende er de ezel die in je tekening de molensteen van een olijfpers rond draait,' zei ik, omdat Ivo niets terug zei.

'Klopt. Maar ik was niet alleen. Anne zat de hele middag bij me. Ik tekende en we zaten uren te kletsen. Poeh, wat een gezellige middag was dat.'

'Met Anne?' vroeg ik een beetje achterdochtig. 'Iedereen weet dat Anne geen woord zegt. Ze mompelt alleen maar een beetje en slaat elk moment een kruisje.'

'Met Anne!' zei Nina. 'Weet je Ivo, zeker een keer per maand ga ik met mama naar onze vriendin Antoinette. Ze is bijna even oud als Anne en iedereen zegt dat ze dement is. Dat betekent dat ze zich niets meer kan herinneren en dat je niet met haar kunt praten. Maar dat is absoluut flauwekul! Mensen weten helemaal niets van demente mensen. Met Antoinette heb ik altijd lange gesprekken. Alleen moet je met haar een beetje anders praten en anders naar haar luisteren. Als ik bijvoorbeeld tegen haar zeg: "kijk hoe mooi die vijver met eenden is" en zei antwoordt: "al mijn kinderen zijn nu volwassen," dan weet ik wat ze bedoelt. Ze wil zeggen dat toen haar kinderen nog klein waren ze vaak met hen naar een vijver ging met brood om aan de eenden te voeren, of zoiets. Snap je? Als je met een dement iemand wilt praten moet je wel een beetje fantasie hebben! Hun gedachten gaan gewoon andere kanten op dan die van ons. Ze hebben best wel herinneringen, alleen herinneren ze zich anders aan iets dan wij. Ze laten het verhaal ertussen als het ware weg. Zo is het ook met Anne, ze lijkt veel op mijn Antoinette. Ik tekende en Anne keek ernaar, met haar rug lekker in het zonnetje en we kletsten over van alles. Toen ik haar vroeg of er water op Kalina was zei ze: "natuurlijk is er water op Kalina". Ze wilde me alleen niet vertellen waar, omdat het een geheim is. Ze zei dat ze dat alleen maar aan mensen van Kalina mocht vertellen.'

'Jjje, vvverrrzzinnn dddat aaallleen mmmaar,' zei Ivo bibberend. Het water was ondertussen al zo ver gestegen dat Ivo al half in het water zat.

'Nee, echt niet, dat kan ik bewijzen,' zei Nina.

'HHHooee?'

'Simpel maar daarvoor moeten we eerst het water uit. Ik moet je iets laten zien in mijn schetsboek. En ik kan toch moeilijk mijn schetsblok hier mee naar toe nemen!'

'Okkkeyy,' zei Ivo eindelijk en ik was opgelucht want het begon nu echt donker te worden in de grot.

'MMMaarrr alsss je hebbbt ggeloggggennn dann...'

Nina luisterde niet meer naar Ivo en dook onder water en verdween. Ivo zwom van de richel af en dook haar achterna. Ik dook hen achterna.

Ivo zat op de rots en bibberde nog steeds. Buiten was het nog steeds zonnig en warm. Ik nam een handdoek en legde die over Ivo heen. Nina kwam uit de kerk en legde haar schetsboek open voor Ivo neer.
'Hier,' zei ze.
Ivo en ik keken. Op de linker pagina stond een ezel in een olijfpers. Aan de rechterkant stond Anne. Ik herkende haar direct door het Kalina-kant aan de hals van haar jurk. Anne had haar handen opgeheven en het was duidelijk dat ze iets vertelde.
'En..?' vroeg Ivo verbaasd.
'Nou, wat staat er onder de tekening?' Nina wees met haar vinger naar de tekst onder de tekening.
'"Anne van Kalina...,"' las Ivo hardop, '"...vertelt over het geheim van water."'
'En geloof je me nu?' zei Nina triomfantelijk.
'Wauw...! Laten we naar Anne gaan,' zei ik opgewonden tegen Ivo. 'Jouw zal ze het geheim vast wel vertellen. Jij bent toch van Kalina. Oké, je bent hier niet geboren maar toch, je papa wel. Nina, ga je met ons mee? Jij weet hoe je met Anne moet praten!'
'Wel, euh..., het is niet zo simpel. Je hebt me niet helemaal begrepen. Het is waarschijnlijker dat Ivo de bron zelf vindt dan dat we Anne weer in dezelfde bui aantreffen als toen ik met haar sprak. Haar gedachten gaan nogal op een aparte manier te werk.'
'We hebben de wichelroede nog niet geprobeerd!' Herinnerde Ivo zich opgetogen. 'Hoe hebben we dat kunnen vergeten?'
Ivo stond op en begon te lopen. Ik liep achter hem aan.
'Hé, waar gaan jullie tweetjes naar toe?' riep Nina ons na.
'Waar we heen gaan? We zoeken een tak op het strand die als wichelroede kan dienen.'
'Goed idee! Maar blijf niet te lang weg,' zei Nina. Ze keek naar de zon die nog maar drie handen boven de horizon was. 'We moeten langzamerhand naar huis toe gaan. Weet je wat Barba Jure vanmorgen heeft gebracht? Orada's! De lekkerste vis van de Adriatische zee.'

We wandelden langs de kust en vonden drie takken die er uitzagen alsof ze van nut konden zijn. We probeerden ze direct uit.
'Deze is voor mij. Deze voor jou en die beetje misvormde geven we aan Nina,' zei Ivo.
We gingen terug om Nina op te halen en gingen op weg naar huis. Nina had honger en ze kon het niet uitstaan dat Ivo en ik niet opschoten. Maar dat kon ook niet want we hielden onze wichelroeden voor ons uit en wilden zeker zijn niets over te slaan op het pad.
'Kan het ietsje sneller alsjeblieft?' vroeg Nina en zwaaide met haar wichelroede alsof het een wandelstok was.
'Papa zei, systematisch, Nina!'

Twee keer leek het erop dat de wichelroede begon te trillen. Nina zei: 'Oké, oké! Noteer de plek op je kaart. Dan komen we morgen wel terug.' Als Nina honger heeft moet alles wijken.
'Ik kan ze ruiken!' zei Nina toen we bij de amandelboom waren aangekomen. Ze rende naar beneden. Ivo en ik gingen langzaam de heuvel af naar beneden en staarden ingespannen naar de uiteinden van onze wichelroeden.

'Wat doen die takken hier op mijn veranda?' vroeg Ninka en zette de borden op tafel.
Mama stond bij de barbecue en grilde de vis. Nina sneed de groente voor de salade in de keuken en Ivo was zich gaan verkleden want hij had het opeens koud gekregen.
'Geen takken, Ninka. Dat zijn wichelroeden om water te vinden,' zei ik een beetje beledigd.
'Oh...!?' zei Ninka en pakte er één op en liep ermee over de veranda. 'Water, watertje, zeg me waar je bent,' zei Ninka met een stem alsof ze een geest was. Mama en Ninka proestten het uit van het lachen.
'Weet je, ik heb in een tijdschrift gelezen,' zei mama en legde een grote vis op het bord naast de barbecue, 'dat voor het functioneren van zo'n wichelroede geen enkel wetenschappelijk bewijs...'
Maar ik luisterde al niet meer naar wat mama vertelde. Ik keek naar Ninka en kon mijn ogen niet geloven. De uiteinden van de wichelroede waren duidelijk aan het trillen!
'Ivo!' gilde ik zo hard ik kon. 'Ivo!'
'Wat is er Dora?' zei Ivo terwijl hij de trap af kwam.
'Kijk!' zei ik en wees naar Ninka.
Maar Ninka was stil gaan staan en liet de wichelroede naast haar lichaam hangen.
'Ninka, loop alsjeblieft nog eens over de veranda met de wichelroede,' zei ik opgewonden tegen Ninka.
Ninka nam de wichelroede weer in haar handen en wandelde

over de veranda, maar nu gebeurde er niets.
'Ik zag het bewegen. Echt ik zag het. Hij bewoog!'
'Wat doe je in die wollen pull-over?' vroeg Ninka aan Ivo en zette de wichelroede tegen de muur.
'Ik weet het niet maar ik heb het zo koud.'
Ninka hield haar lippen tegen Ivo's hoofd, net als mama bij ons doet en zo zonder thermometer weet of we koorts hebben.
'Je brandt van de koorts!' zei Ninka en keek naar mama. 'Hij heeft zeker negenendertig graden koorts, misschien wel meer.'
Mama en Ninka namen Ivo mee naar zijn kamer. Nina zat op de veranda en at in haar eentje de vis. Ik had opeens geen honger meer. Ik hoorde mama en Ninka op en neer rennen. Ik ging het huis binnen. Mama hakte stukken ijs.
'Dora, Ivo heeft zo'n hoge koorts, we moeten een koude kompres maken,' ze scheurde een laken in stukken.
Mama rende weer terug omhoog naar Ivo's kamer. Ik hoorde Ninka zeggen: 'Wat moeten we nu doen?' Mama vertelde dat er niets anders op zat dan hiermee doorgaan tot de koorts zou gaan liggen. Ik ging de trap op en keek Ivo's kamer in. Hij zag er uit als een mummie. Mama en Ninka hadden hem helemaal in natte doeken gewikkeld.
'Laat het alsjeblieft geen nekkramp zijn...,' fluisterde Ninka.
Ik ging weer naar beneden en zocht Nina op in de keuken.
'Nina, zullen we zeggen dat Ivo twee uur in de grot heeft gezeten?'
'Heeft geen zin. Dat verandert nu toch niets meer. En je weet hoe mama is. Dan zal ze ons de oren van ons hoofd zeuren over wat we allemaal uitspoken. Over het duiken in de grotten, over het Geitenpad, over het springen van de rots...'
We waren stil en ik dacht dat Nina net zo bang was als ik. Na een lange tijd kwamen Ninka en mama terug naar de veranda.
'Hij is in slaap gevallen,' zei Ninka en haalde opgelucht adem. 'Gek. Ik kan me niet herinneren wanneer Ivo voor het laatst ziek was. Wat hebben jullie vandaag gedaan?'

‘Niets bijzonders,’ zei ik en bloosde.
‘Hetzelfde als anders,’ zei Nina. ‘We hebben gewandeld en gezwommen…’
Mama keek naar ons en zei: ‘het was genoeg voor vandaag. Alle twee naar bed.’
Nina en ik wachtten geen seconde en verdwenen naar onze kamer. Ik keek in Ivo’s kamer en zag dat hij lag te slapen. Hij zag er erg bleek uit. Ik ging bij Nina in bed liggen en we hielden elkaar vast. Zo vielen we snel in slaap. De hele nacht werd ik steeds wakker. Misschien omdat er een heldere maan stond en het zo licht was in de kamer. Iedere keer hoorde ik mama en Ninka zachtjes praten op de veranda of in Ivo’s kamer. De laatste keer dat ik wakker werd, was het erg stil. Er was geen maan meer en door het raam zag ik een lange paars-oranje streep aan de horizon. Bijna vier uur, dacht ik en hoorde iemand de trap af lopen. Zeker Ninka die bij Ivo vandaan komt, dacht ik en viel weer in slaap.

Hoofdstuk negen, iets lang geleden verloren, terug gevonden

'Nina, Dora!' Mama stond naast ons bed. Ze was in paniek. 'Ivo is weg!'
We waren meteen wakker.
'Hoezo, Ivo is weg?' vroeg ik en wreef mijn ogen uit.
'We waren de hele nacht bij hem. Toen de koorts was gezakt gingen we naar bed. Hij lag zo rustig te slapen. En nu ligt hij niet meer in z'n bed en kunnen we hem nergens vinden...,' mama stak haar handen omhoog de lucht in en rende terug naar beneden.
Ninka liep op en neer op de veranda en herhaalde de hele tijd: 'ik weet zeker dat er iets is gebeurd'.
'Er is niets gebeurd,' zei mama tegen Ninka maar ze klonk bezorgd.
'Het Geitenpad!' zei Ninka en keek ons angstig aan.
'Nu niet in paniek raken Ninka,' zei mama. 'Nina, Dora, waar zou Ivo kunnen zijn?'
'Misschien bij de kerk,' zei Nina en we keken elkaar aan.
Ik wist dat we hetzelfde dachten: "de grot"!
'Dan,' zei mama, 'moeten we ons verspreiden. Ik ga met Ninka naar Karmela en dan naar het Geitenpad. Jij Dora, rent naar de kerk en jij Nina, blijft hier voor het geval Ivo terug komt. En van de kerk kom je direct weer terug Dora, ik hoop met Ivo. Alles zal op zijn pootjes terechtkomen. Ninka, waarom ben je opeens zo bang? Met of zonder koorts, hij kent het eiland als zijn broekzak.'
'Ik voel het gewoon. Er is iets gebeurd!' Ninka stond in het midden van de veranda en de tranen liepen over haar wangen.
'Ik ben weg,' riep ik. Ik rende de hele weg en het leek alsof ik Ivo volgde. Ik wist alle paden, alle hindernissen. Toen ik eindelijk op de top van de heuvel de ruïne van de kerk zag, stopte ik

met rennen. Mijn T-shirt was helemaal nat en ik was helemaal buiten adem. Ik had steken in mijn zij. Ik hurkte tot de pijn een beetje verdween. Ik liep langzaam naar de kerk. Ik was zo bang. Ik was bang, want alles zag er zo verlaten uit. De gedachte dat ik misschien wel alleen in de grot moest duiken maakte me haast misselijk. Ik dacht dat als Ivo niet in de kerk zou zijn, ik terug naar mama zou gaan en alles zou vertellen. Het was helemaal niet meer belangrijk of mama boos zou zijn of niet. Maar wat als Ivo in de grot zou zitten en zou trillen van de kou en koorts? Dan moet ik hem zo snel mogelijk eruit halen. Ik had helemaal geen tijd om het eiland weer op en neer te rennen. Er was nog een gedachte in mijn hoofd, maar die was zo eng dat ik stopte met denken. Ik rende naar de kerk.

Ik keek over de vervallen muur in de kerk en weet je wat ik zag? In een hoek, op de stenen vloer, lag Ivo in elkaar gedoken te slapen. In zijn armen hield hij iets vast. Ik klom over de muur en boog over Ivo. Hij lag rustig te slapen. In zijn handen hield hij een grote oude leren tas. Mooi, dacht ik, en gilde zo hard ik kon: 'goedemorgen Ivo.' Ivo schrok wakker en ging rechtop zitten. Hij keek me aan alsof hij me nog nooit had gezien. Hij hield de leren tas nog steeds tegen zijn borst.

'Erg mooi. Je hebt ervoor gezorgd dat iedereen zich kapot geschrokken is! Wacht maar tot Ninka je ziet. Wacht maar af als ze straks niet meer ongerust is en kwaad wordt. Als ik je moeder was zou ik je zo'n vreselijk pak rammel geven... En wat is dat? Wat is dat voor een stomme tas die je zo stevig vasthoudt?'

Ivo liet zijn hoofd hangen op de tas. Zijn schouders schokten. Toen merkte ik pas dat hij huilde.

'Hé Ivo, wat is er?' Ik sloeg mijn arm om zijn schouder.

Hij begon hardop te huilen en te praten.

'Dit is papa's gereedschapstas ... Mama en ik zoeken er al een hele tijd naar... al jaren... dit is papa's gereedschapstas...,' hij herhaalde steeds hetzelfde en huilde de hele tijd.

Ik begreep er niets van. Ik kon niet anders doen, dan hem een

beetje troosten: 'Suhh, suhh Ivo, het is oké...,' net zoals mama doet bij mij als ik erg verdrietig ben.
Ivo stopte met huilen maar bleef schokkend naar lucht happen. Ik herhaalde: 'suhh... suhh' en dacht dat we zo snel mogelijk terug naar huis moesten gaan.
'Zullen we naar huis toe gaan Ivo? Ninka is ongelooflijk ongerust. Mama en Ninka zijn je aan het zoeken. Ze zijn naar Karmela gegaan en ik ben bang dat ze je daarna zijn gaan zoeken op het Geitenpad.'
'Nee. Dat zullen ze niet. Anne zal ze vertellen dat ik niet die kant op ben gegaan. Ik zag haar vanmorgen nog.'
'Toch denk ik dat we naar huis toe moeten. Ninka zal zo blij zijn dat ik je heb gevonden en bovendien dat je je papa's gereedschapstas hebt gevonden. Waar heb je hem gevonden?'
'Dora er is vanmorgen iets ongelooflijks gebeurd.'
'Wat dan?'
'Iets,' zei Ivo en werd weer stil.
Maar ik had genoeg van "stille Ivo" en zijn raadsels. Het enige waaraan ik kon denken waren Ninka en mama.
'Mooi. Er is dus iets gebeurd. Geweldig! Tof voor jou. Maar ik ga nu naar huis. Want iedereen, mama, Ninka en Nina zijn vreselijk ongerust. En waarom, denk je? Omdat er gisteravond "iets" is gebeurd en meneer Ivo besloot om stiekem in de kerk te gaan slapen zonder iets tegen iemand te zeggen. En dat alles op de ochtend nadat hij bijna veertig graden koorts had gehad. Weet je Ivo, jij bent de meest egoïstische jongen die ik ooit ben tegengekomen! Denk je dat ik het Geitenpad ben vergeten?!' Ik stond op en het was duidelijk dat ik niet van plan was om op Ivo te wachten.
'Hoe kon ik weten dat jij zo eigenwijs was dat je me zou volgen. Dat kon ik toch niet weten! Sorry... Luister Dora, ik vond de tas, naast de trap uit mijn droom.'
'Gefeliciteerd,' zie ik en liep een beetje verder, maar stopte toen.
'Naast de rots met de rode lijnen?' fluisterde ik.

'Naast de rots met de rode lijnen.'
'Echt waar...?' zei ik fluisterend, liep terug en ging naast Ivo zitten.
'Gisteravond, tegen de ochtend, toen iedereen sliep werd ik wakker. Ik liep de trap af en...'
'Was jij dat! Ik dacht dat het Ninka was.'
'... ik nam een zaklamp uit de la in de keuken en ging de kelder in. In de kelder keek ik aandachtig naar de vloer. De vloer is gemaakt van grote witte stenen tegels van wel een meter groot. Er is verder niets in de kelder. Een paar oude houten wijnvaten en een paar aardewerken potten voor olijfolie.
'Weet ik. Ik was een keer in jullie kelder,' fluisterde ik.
'Toen zag ik een lange stok staan. Van ijzer. Ik nam die stok en probeerde hem tussen de tegels op de vloer te wrikken. Een van de tegels bewoog een beetje. Met de stok kon ik hem, met veel moeite, helemaal van zijn plaats krijgen. Ik scheen met mijn zaklamp en zag dat er een stenen trap onder zat. Geen erg brede trap, minder dan een meter, maar wel erg diep. Zeker twee of drie meter. Ik liep de trap af. Er waren weer stenen op de vloer maar in het midden van de ruimte was een groot zwart gat. Weet je wat ik zag toen ik mijn zaklamp erop richtte? Water! Ik knielde bij de put. Nam met mijn hand wat water eruit en proefde het. Het was koud, helder en zoet water, Dora! Naast de bron vond ik papa's gereedschapstas. En daarnaast op de laatste trede een metalen doosje met snoepjes. Weet je hoe dat daar terecht was gekomen? Ik had daar eens gezeten met mijn papa. Ik zat op de trede en at mijn snoepjes en was toen een heel klein beetje bang. Ik moet toen zes jaar oud zijn geweest. Papa was met een touw met lood eraan de diepte van de bron aan het meten. En papa zei tegen me: 'Ivo, onthoudt dit, water is de bron van leven. We brengen met deze bron het leven terug naar Kalina. We zullen weer een wijngaard hebben. We gaan het eiland irrigeren. Ninka zal een bloementuin krijgen.' Dat is het, Dora. Ik herinnerde me opeens weer mijn laatste zomer met papa. Ik herinnerde me alles

weer. Alles! Hoe papa met zijn liniaal aan het tekenen was in zijn aantekenboek. Hoe wij 's morgens vroeg opstonden om te gaan vissen. En hoe hij in slaap viel en ik hem met een zeemeeuwenveer onder zijn neus kriebelde, zodat hij moest niezen. Het waren geen vage herinneringen, Dora. Het was alsof ik het weer voor me zag! Ik hoor zijn stem zeggen: "Ivo, water is ons geheim. Wat een cadeau voor Ninka als ze weer naar het eiland komt. Dan geven we haar een glas helder water!"'

Ik was zo gelukkig dat ik niet meer stil kon blijven zitten. Ik stond op en rende een rondje om de kerk. Ik riep zo hard ik kon: 'Ivo heeft papa's tas gevonden,' en de rotsen antwoordden: 'gevonden... gevonden.' Toen kwam Ivo naast me staan en riep: 'Ivo vindt het water,' en de rotsen antwoordden: 'water...water'. Lachend en pratend liepen we naar huis. Halverwege op het stenen pad zagen we Ninka, mama en Nina naar ons toe rennen. Ivo zwaaide naar Ninka met papa's gereedschapstas. Als je toen Ninka's gezicht eens had kunnen zien! En ook dat van Nina en mama. Want op dat moment snapten ze er niets, maar dan ook helemaal niets van.

Einde

grafisch ontwerp Astrid van der Neut

ISBN 90 6986 247 6
bestelnummer 5163

Avi-niveau: 9+
Nugi 221/2